U0163992

風格的煉成

亞洲華文文學論集

陳大爲 · 2009 · 萬卷樓

Refinement of Style :

Theses of Asian Chinese Literature

Chan, Tah Wei - 2009 - Wanjuan Lou Books Company Limited

目　錄

［ 卷 一 ］

聆聽西藏

——當代漢語寫作中的西藏淨土書寫

前　言

　　由藏傳佛教、原始苯教、雪原奇景、天葬風俗、《格薩爾王傳》史詩構築而成的「西藏」文化空間，讓藏族成為中國大陸五十五個少數民族當中最神祕、最迷人的一族。近三百多年來，西藏一直遵循「曲斯松哲／政教雙持」[1]的制度，藏人的最高領袖

---

[1]「曲斯松哲」（藏語）即：平等或同時扶持政治與宗教事務。這在西藏歷史當中可以分為兩個階段、兩種形式。第一階段，由自身修法的國王以佛法的倫理治理國家，並指定符合佛教教義的法規制度。如七世紀藏王松贊干布，他不僅自身苦修佛法，而且制定「十善」、「十六法」等法規治理西藏。這些國王以法執政，故藏人稱之為「法王」。第二個階段，是從薩迦法王之孫仲滾帕巴（中國史書稱「八思巴」）開始，由喇嘛或宗教人物，在從事宗教事務的同時，掌控國家政權、治理政治事務。藏語中稱之為「曲斯松哲」的制度，應該翻譯成「政教雙持」、「政教結合」或「政教共治」，

「達賴喇嘛」被視爲觀世音菩薩的化身，藏人深信每一世的達賴喇嘛都會轉世乘願再臨人間，永續領導西藏。

一九五〇年十月，中共政權派遣八萬名解放軍進藏，展開「和平解放西藏」行動，徹底瓦解（舊）西藏的政教雙持制度，全力貫徹社會主義的政治概念和體制，重建所謂的「新西藏」。達賴喇嘛逃至印度達蘭莎拉，建立「流亡西藏」政權，並且爲十餘萬隨他流亡的藏人，先後在不丹、尼泊爾、印度等支持流亡政府的鄰國，建立藏人社區。流亡政府定義下的「大西藏」，包含四川、青海、雲南、甘肅、西藏（自治區）所有說藏語的六百萬藏人，從文化差異的角度，可區分爲：衛藏地區（西藏）、安多、康區。北京政府統治下的「中國西藏」僅包括以拉薩爲中心的二百五十

而絕非「政教合一」。某位中國「翻譯家」將「曲斯松哲」譯成「政教合一」之後，以訛傳訛，世人遂將它跟歐洲中世紀的「政教合一」劃上等號。北京政府更是藉此誤導百姓與國際視聽。「曲斯松哲」有一個基本的法則：在執政過程中，不能偏重政、教任何一方，必須平等扶持政、教事務；所有的政、教事務都不得違背佛法慈悲、利他、公平以及非暴力的根本原則；必須包容不同宗教與信仰平等共處（才嘉〈中共的白皮書與西藏的真實狀況〉[2002/03/05]，原載：http://www.asiademo.org/2002/03/20020305a.htm）。由中共國務新聞辦公室於 2001 年 11 月 8 日發表的《西藏的現代化發展》白皮書，可由網路上輕易取得全文資料。此外，由王貴、喜饒尼瑪、唐家衛全著，獲得第十屆中國圖書獎的「權威性論著」——《西藏歷史地位辨》（北京：民族，2003）一書，非常全面、有系統地反駁「西藏獨立論」，足以代表中共官方對西藏問題的詮釋與立場。

萬人口的「西藏自治區」（藏文：bod-rang-skyong-ljong），也簡稱「西藏」（bod-ljong），面積一百二十萬平方公里，劃分為拉薩市，以及日喀則、阿里、那曲、林芝、昌都、山南等七個區。

七世紀的藏王松贊干布，令吐彌桑布札創制新文字，並展開佛教經典的翻譯工作，正式將佛教全面普及化，結合了「原始苯教」[2]敬畏萬物（乃至神化萬物）的「泛靈論」（animism），成為獨樹一幟的藏傳佛教，並逐漸形成政教雙持的國家制度。藏傳佛教的思想觀念和禮儀，主導了藏民的言行思維、生活型態、生命觀，和宇宙觀，使他們對自然萬物的存在意義與變化法則，抱持著敬畏的態度，以及不言自明、不證自明的神祕詮釋。「這種自然崇拜精神也影響到藏北牧民的人生觀和生死觀。牧民自視為大自然的一份子，與所有生命平等相處，毫無優越感。而個體是不重要的。牧民沒有記住自己生日和年齡的習慣，也不提及已故親

---

[2] 中央民族大學藏學研究所副教授羅桑開珠指出：原始苯教（黑苯）是一種原始自然崇拜的多神教，它的基本教義是「萬物有靈」論，是屬於巫教範疇，跟象雄的雍仲苯教（白苯）有明顯的差別。原始苯教對印度佛教西藏化提供了非常豐富的文化空間，如藏傳佛教的本尊，護法神、儀軌、法器、供品、裝束和象徵物，大都延續苯教而來。而苯教則吸收了佛教的學說、教義、教團組織、建築風格，雙方相互影響，相互融合。詳見：羅桑開珠〈略論苯教歷史發展的特點〉《西北民族學院學報（社科版）》2002 年第 4 期，頁 89-93。至於苯教的文化內涵，尕藏加《雪域的宗教》（北京：宗教文化，2003）一書有更深入探討。

人的名字」[3]。在很長的一段時間裡，知識份子聚集的寺廟成為傳授知識的重要據點，除了修行，僧侶們還肩負「十明之學」[4]的知識傳授責任，所以西藏的傳統文化知識，便蒙上一層神祕的宗教色彩。

這個無比神祕的西藏，在當代大陸文學史的論述上近乎隱形。翻閱近五十年來大陸出版的重要選集或文學大系，藏族文學一向乏人問津，即使幾個能見度較理想的饒階巴桑、丹真貢布、伊丹才讓等前行代藏族詩人，他們的詩歌創作也不能突顯最起碼的西藏文化特色，當然更找不到藏族的文化自覺意識。真正開啟「當代西藏文學」[5]大門的力量，是八〇年代中期引進大陸文壇的拉美魔幻寫實主義，接著是九〇年代興起於第二世界國家的後殖民主義。前者成功塑造了文學裡的「西藏圖象」，後者則點燃

---

[3] 馬麗華〈藏北牧民的自然崇拜〉，收入黃賓堂編《聆聽西藏：以散文的方式》（昆明：雲南人民，1999），頁436。

[4] 從梵文音譯的「明」，指學問；所謂「十明之學」，區分為：（一）「大五明」──「因明」（邏輯學）、「內明」（佛學）、「工巧明」（工藝與曆算學）、「醫方明」（醫藥學）、「聲明」（聲韻學）──等五種較艱深的專業科目；（二）「小五明」──「詩」（詞藻學）、「韻」（音律學）、「修辭」（修辭學）、「歌劇」（戲劇學）、「星算」（星算學）──等五項僧侶必修的基礎科目。

[5] 本文所謂的「西藏文學」，主要是指較具規模的「藏族漢語寫作」，在大陸貫徹了數十年的普通話／漢語政策之下，藏語寫作失去自由發展的機會，雖然近幾年逐漸復甦，但基於語種的隔閡，它在以中文／漢語為主流的閱讀市場上，能見度遠不及藏族的漢語寫作。

少數民族文化身份意識的自覺。新一代的藏族作家，開始在寫作中尋找藏族文化的特質與價值。在此同時，以西藏／藏族歷史、宗教、社會、文化、政治為主軸的「藏學」（Tibetology），在大陸及國際漢學學者的努力下，終成氣候。

意西澤仁雖然是藏族文學史上第一位出版短篇小說集的作家，但具有劃時代的影響力和指標意義的，是扎西達娃（1959- ）在一九八五年發表於《西藏文學》上的短篇小說〈西藏，繫在皮繩扣上的魂〉，以及後來的中篇小說〈西藏，隱祕歲月〉。他成功將拉美的魔幻寫實技巧與精神，融入西藏的自然環境、民族精神、宗教信仰、歷史文化的深層結構當中，蛻化成西藏式的魔幻寫實主義文學。扎西達娃更成為先鋒小說和當代西藏文學的代表作家。著有《藏族神靈論》和《西藏文化發展史》等多部重要藏學專著的人民大學藏學研究所所長丹珠昂奔（1955- ），在〈西藏的魔幻寫實主義──扎西達娃及其作品〉中表示：「西藏的所謂『神祕』，是西藏文化的『神祕』，神祕來自不瞭解；瞭解了，一切神祕就不存在了。作為一個藏人，他從來不感到自己是神祕的，自己的生活是神祕的。由於不瞭解西藏，眾多的讀者都認為西藏是神祕的，所以魔幻寫實主義中敘事型態的魔幻手法，與讀者對西藏的認識慾望可以說一拍即合，產生共鳴，讀者所認識和要認識的西藏在他們心靈深處本來就是如魔如幻的」[6]。不管怎

---

[6] 瑪拉沁夫、吉狄馬加編《中國少數民族文學經典文庫（理論批評卷）》（昆

麼說，「神祕」已成為西藏的代名詞，也成為書寫／閱讀「西藏
文學」的優先法則。

　　事實上，西藏的神祕感，有一半是建立在崇山峻嶺、雪原天
湖的雄渾氣象上，在進藏的異鄉人眼裡產生巨大的視覺和心理震
撼，進而對這片人間最後的佛國「淨土」，產生莫名的敬畏和臣
服（另一半則是獨特的藏傳佛教思維、禮儀和生活方式）。西藏
被視為人間「淨土」（世外桃源）最具影響力的來源，是James
Hilton的《消失的地平線》（*Lost Horizon,* 1933）一書；從未到
過西藏的他在書中「創造」了一個風靡全球的名字——香格里拉
（Shangri-la）。一九三三年以後，香格里拉便「成為一個世界性
的詞彙，尋找香格里拉成了一種近乎時尚的瘋狂舉動，在七十年
來一直有好事者前仆後繼。」[7]

　　真正的淨土應該是《大藏經》裡的「香巴拉，sambhala」[8]，
梵文sam即「和平安靜」，bhala為「真實不變」的意思；傳說中
替未來世界保存最高佛法的雪域王國，在藏傳佛教中，它即是最
神祕的淨土[9]。雖然一般旅者對香巴拉瞭解不深，但他們對西藏

明：雲南人民，1999），頁 319。

[7] 馬原〈序〉，收入高星《香格里拉文化地圖》（西安：陝西師大，2004），
頁 4。

[8] 雲南中甸藏語「香巴拉」的讀音跟英譯「香格里拉」相近，後者應該是
前者的音誤。

[9] 六世班禪喇嘛曾經寫過《通往香巴拉王朝的指南》（1773）一書，描述如

文化的想像與詮釋，以及追尋一種神祕心靈境界的心理，無形中把西藏「淨土化」——去除所有俗世的慾望，洗滌心靈雜質，回歸最原初和純淨的狀態。西藏，就是現世的香巴拉淨土。

當代漢語寫作中的西藏「淨土書寫」，即是透過書寫主體的真實體驗，在文本中尋找、描述、塑造一個「真幻莫辨的西藏」——真實存在卻又充滿陌異感、神祕感、魔幻感的宗教淨土，它更是一個淨化靈魂與驅動冥想的，不可思議的心靈空間。這片「淨土」具備「純淨」的本質，又具備「淨化」的功能。

先鋒小說的主將馬原（1953-），曾經以〈岡底斯的誘惑〉、〈拉薩女神〉等多篇以西藏為敘述背景的小說，稱雄八十年代的大陸文壇。近幾年，經過幾波西藏旅行熱潮，更多的非藏族漢語作家對西藏的「淨土書寫」（解讀西藏的淨土特質與個人的生命感悟），為當代西藏文學累積了可觀的成果。光憑藏族漢語作家的原鄉寫作，尚不足以看出「西藏」作為一個重要的文化符號，在當代中國文學史視野中的發展脈絡，更讀不出「西藏」和它的「神祕感」如何被「普遍消費」的形式。

因此，本論文即以藏族漢語作家和異族漢語作家在「淨土書寫」的不同經營，作為討論的重點，較冷門的藏語創作不在論述範圍以內；其次，本文著重處理西藏現代化進程中，所產生的各種危機與憂患意識。

何修持無上密法，將肉身昇華到最純潔的生命狀態，才能進入香巴拉王國。

一、旅藏[10]與進藏[11]的靈魂

　　號稱「世界屋脊」的青藏高原，坐擁喜馬拉雅山脈、崑崙山、唐古拉山、岡底斯山等崇山峻嶺，全區平均海拔四千公尺以上。大山與川谷之間的海拔落差有時非常地大，這種大起大落的山水稜線，讓人覺得「西藏的山都是一種大手筆的山，使人不知不覺中便產生出一種渺小感」[12]。說不定大部分旅藏的文人，正是衝著這份渺小感而來的。在眾多景點當中，最迷人的是位於海拔四千七百一十八公尺，面積一千九百四十平方公里的鹹水湖——納木錯（Nam Co）。在藏語裡的意思，是天湖。許多旅藏的文人都會到此一遊。大自然的鬼斧神工，至少催生了小說家格非（1964- ）的〈靠近納木錯〉、散文作家高洪波（1951- ）的〈納木錯之旅〉、詩人龐培的（1962- ）〈西藏的睡眠〉，這三篇滿紙驚歎的遊記，還是無法勾勒出納木錯撼動人心之處。直到于堅（1952- ）寫下那篇〈高原上的高原〉，才讓讀者見識了納木錯。

　　一九九二年，來自昆明的漢族詩人于堅，跟友人前往納木錯，當他站在湖邊，眼前那片純淨深藍與雪山相映的遼闊湖景，

---

[10] 「旅藏」，即指單純的、短時間的「旅行」。

[11] 「進藏」，專指「進入」藏區工作、休養、定居、長時期的旅行，或自我放逐。

[12] 羅烈強〈西藏愛好者手記〉，收入《聆聽西藏：以散文的方式》，頁83。

讓他深深覺得「那個湖簡直就是魔鬼一樣地美」[13]，轉眼間天色暗了下來，一場暴雨隨即降臨：

> 大樹折斷了很多，樹葉像被一只瘋狂的巨手搓洗著的紙牌，發著賭輸了的怪響。……想像力完全停滯了，聽任我面前的一切帶給我種種出乎意料的感覺和效果。暴風雨的各個部分並不一致，在接近雷電的部分，它響亮而刺目，而在遠離閃電的地方，雨則沉悶無力。我一次又一次地企圖藉著閃電看清湖上的某些東西，但每一次都是我剛意識到那是什麼，閃電就墜進黑暗中，使命名完全中斷。[14]

從〈高原上的高原〉可以讀出納木錯向詩人于堅展示它難以抗拒的「自然雄渾」（the natural sublime）的力量。當人類主體面對這種雄渾的自然客體時，其所產生的震懾力量源自主體本身的渺小意識，而且這種雄渾「大半是突如其來的，含有幾分不可瞭解性的。心靈驟然和它接觸，在倉皇之中，不免窮於應付」[15]。尤其在黑暗中的旅者于堅，被雷雨主導了視覺，封鎖了思考，甚至中止了他一向引以為傲的詩才（對萬物重新命名的能力），此刻的「渺小」還融合了面對大自然力量的「無助」與「恐懼」，遠比

---

[13] 于堅〈高原上的高原〉，《于堅集（卷四）·正在眼前的事物》（昆明：雲南人民，2004），頁 47。

[14] 《于堅集（卷四）·正在眼前的事物》，頁 48。

[15] 朱光潛《文藝心理學》（台北：開明書局，1994），頁 243。

格非等人在寧靜中的驚歎來得深刻。雄渾／宏偉的高原山水，對
旅藏的眼睛確實最能夠造成震撼，主體隨即被客體征服，再從視
覺轉化成想像的狂飆或心靈雜質的洗滌。

　　于堅完成西藏之旅後，寫下一篇〈在西藏〉的手記體散文，
文章裡面有兩則記錄很有意思。當他站在布達拉宮前方，親眼目
睹四十年來首次的曬佛儀式，在滿山的人群中，「我看見許多矮
小的山民，他們站的地方根本看不到佛像，但他們朝佛像所在的
方向默默地流著淚。這和我不同，我以為如果看不到佛像一切就
等於零。我後來明白，沒有看到佛像的是我」[16]。短暫的旅途不
足以瞭解藏人的思想內涵，卻在此刻，他似乎領悟到藏人無比虔
誠的信仰，在佛前，莫名的感動是不可制止也無法偽裝的。尤其
作為藏人信仰中心的拉薩／布達拉宮，根本就是一個具有強烈內
聚力的「社會向心空間」（sociopetal space），在這裡最能夠發現
藏人的「集體潛意識」（collective unconsciousness），常常不自覺
地表露在言行舉止之間。

　　在拉薩，這顆被納木錯征服的心靈，終於開啟了領悟西藏哲
學的大門。面對一路走來，所看到的落後景觀，于堅體悟出更深
層的文化內涵：

> 西藏世界的詞根是「原在」。原在，並不是停滯的意思。
> 而是這個世界在它自身的活力中原在著。這一點不僅僅

---

[16] 于堅〈在西藏〉，《于堅集（卷四）‧正在眼前的事物》，頁213。

是精神性的，而是從地域、建築、生活方式都一眼就可以看出來的。作為一個來自詞根「前進」的世界中的人，你不可能用「落後」這樣的詞來描述西藏。西藏拒絕這個世界流行的達爾文式進化論世界觀。它的一切都呈現在一個自在的時間和空間中，一個整體，一個對生活和歷史的強大意識。你會在這個原在之地立即意識到何謂「永生」。當你發現坐在大昭寺的石板上的長老們的時間與你手錶上的時間完全不同，你反而會懷疑起來，你的「前進」的時間也許恰恰是在後退的，朝向死亡的。[17]

或許詩人的表達方式比較抽象，但他成功跳脫純粹視覺的鏡頭解說，捕捉到詮釋西藏的最佳方式——捨棄我們原有的世界觀，讓思維在時間靜止的空間裡思索生存的意義和目的。生活在現代社會中，被時間不停驅逐的現代人，早已成為任憑時間宰制的對象；反而是那群靜坐在大昭寺石板上的長老們，他們才是時間的主宰者。

西藏的事物，足以讓我們重新思考生命的終極價值和方向。原來較強勢的中原文明勢態，在此自動向西藏文明靠攏過去，形成一次又一次的「文化重組」（cultural reformulation），個體的哲學思考遂產生了微妙的變化。

拉薩是一座超越漢族文化想像的佛教天都，武漢小說家池莉

---

[17] 《于堅集（卷四）・正在眼前的事物》，頁 209。

（1957-）的短篇小說〈讓夢穿越你的心〉，有一段描寫「穿著沉重青色藏袍的」拉薩老年婦女當街小便的情境：「她們蹲得像一種舞蹈姿勢，寬大的袍子體面地遮住了一切，只是有一線水流從她們的袍子底下蚓行出來。她們並不躲閃大街上人們的目光，她們與你對視的時候，你會發現她們的眼神無所謂和安詳得像白痴或者天使。這是主人翁的姿態和眼神，城市是你們認定的，那是你們的事，在她們，城市仍然是高山草原大牧場。多棒！」[18]

從市井小民的行為，池莉見識到不同的價值觀和世界觀。一切都是那麼坦率、自在，卻令人無法用平地世界的道德準則來評議它。內心細微的文化重組，讓池莉正式進入像天空一樣自由、寬敞的西藏生活軌道。在拉薩，「這個藏傳佛教的聖城，更有一群一群手搖轉經筒的信徒，一邊走一邊念六字真言，非常專注地向著一個目的，似乎是在去赴一個佛祖的約會」[19]，這些高度「意象性」的人、事、物，圍繞著拉薩重要生活「節點」（node）——大昭寺或八廓街——不斷在文人的書寫中累積，最後建構／召喚出拉薩獨有的「場所精神」（genius loci），甚至成為某種典型化的意象性寫作。

從江蘇詩人龐培對西藏文明的詮釋，可以看到「黃河之子」在解讀「高原文明」時，想像飛馳的文化仰角：「西藏人把自己

---

[18] 池莉〈讓夢穿越你的心〉，收入龍冬編《聆聽西藏：以小說的方式》（昆明：雲南人民，1999），頁169。

[19] 羅烈強〈西藏愛好者手記〉，收入《聆聽西藏：以散文的方式》，頁83。

的注意力全集中到天上，他們的生活似乎自古以來，就一刻都離
不開這裡蔚藍的天空，這裡的白雲，這裡的神鷹和飛鳥；他們的
精神也從未遠離積雪的山峰，無論是岡底斯山、喜馬拉雅山雪
峰，……都是最終哺育了他們的想像力，他們的神靈、他們的寺
院的牆；都最終鑄就了他們空間感和時間感，他們的熱衷於來世
和靈界、熱衷於讚美和艱苦跋涉的生活方式。天空是纏繞在西藏
頭頂上的哈達」[20]。西藏人的生活物資十分貧乏，但他們的精神
卻能夠使之超脫到另一個自給自足的心靈境界，或許正是長空與
遠山的遼闊視野，產生了決定性的影響。尤其從江蘇文化視野來
看，這裡根本就是一片容不下慾望與雜念的淨土，只宜修行。

　　西藏是神祕的，一般旅藏或進藏的異鄉人都忍不住在文章裡
大肆描述各種奇異的見聞，如果找不到神祕之處，就不算到過西
藏似的。無形中，便構成一種非常獨特的「民族誌」（ethnography）
的書寫目的與趨勢。他們一方面自行調整漢人的文化觀點，以神
祕主義的感悟之心，去詮釋眼前這片「淨土」。或者，我們可以
反過來說：雪域淨土本身所具備的，泛靈信仰的精神狀態與雄偉
的自然景致，影響了（甚至主導了）漢人旅者的思考向度。

　　神祕，遂成為西藏淨土書寫的主要內容。

　　加上近年來，風靡全球的西藏生死學，除了難以印證的「業
力／靈魂轉世說」，最具體的表現是「天葬」的禮俗，儼然就是

---

[20] 龐培〈西藏的睡眠〉，收入《聆聽西藏：以散文的方式》，頁538。

西藏生死學的入門之鑰。

　　天葬在藏區的流行，始於公元十一世紀出生於印度的瑜珈大師帕‧當巴桑杰，他曾與密勒日巴大師一起開創藏傳佛教的希解派和覺宇派，主張破「我執」之見，立「無我」之義，倡導捨身行布施，這些學說後來便成為天葬的理論依據。西藏人認為將肉身施捨給天鷹（空行母），是一種高尚的功德，為其靈魂的未來去向行善積德，一如《羅摩衍那‧阿逾陀篇》中所描述的：「一地之主尸毗王答應了，／把自己的身軀送給老鷹，／後來他真的送給了那隻鳥，／國王啊，他升到最高天空。」[21]所以天葬比水葬和土葬更為盛行。藏人對「天葬」的思考，充分體現了他們面對死亡的大勇大智，藏醫學中的解剖學便是從天葬儀式中逐步發展起來的。

　　進藏已經三十餘年的回族作家閻振中（1944-），對天葬的瞭解就不是一般旅者的泛泛之談。他在散文〈天葬〉中，從文化及宗教學的角度，描述一場動人心魄的天葬儀式。儘管他也承認：「天葬，是一個充滿魔幻力量的字眼，在它的背後隱藏著一個神祕莫測、光怪陸離、神魔人三位一體的世界」[22]，不過藏傳佛教

[21] 本段關於天葬的敘述，主要參考倫珠旺姆、昂巴合著《神性與詩意：拉卜楞藏族民俗審美文化研究》（北京：民族出版社，2003），頁149-150。《羅摩衍那‧阿逾陀篇》的詩句轉引自頁150。關於尸毗王捨身飼鷹的故事，亦見《大藏經〔本緣部〕‧菩薩本身鬘論‧尸毗王救鴿緣起》。

[22] 閻振中〈天葬〉，收入《聆聽西藏：以散文的方式》，頁461。

結合了這種很另類的喪禮，努力表達一種信念：人死後會進入新的生命輪迴，所以在世的人必須對亡靈負責，「盡一切義務護送或引導亡者安全有效地進行生死過渡，把亡靈送入輪迴軌道，它表明了活著的人們的一種道德態度，葬禮使死屍以及死屍背後的人格變成神聖義務的對象」[23]。另一位進藏二十五年的報導文學作家子文（1955-），他在散文〈達木天葬台〉中，同樣描寫了天葬的精神內涵，以及一則兩百八十年前的美麗傳說。

進藏多年的異鄉人者，對天葬禮俗早已司空見慣，而且經過藏文化長期的「順涵化」（positive acculturation）之下，他們的敘述比較讀不出漢藏文化差異的明顯痕跡，他們寫出天葬的文化精神，卻少了于堅等旅藏作家面對納木錯的震撼感。

進藏，有時不完全是爲了見識西藏高原的「天威」，有更多的漢族作家是爲了洗滌在俗世中漸感疲累的心靈。

曾經六次旅藏的四川作家裘山山（1958-），西藏對她有一股難以抗拒的吸引力，因爲「它讓我負重的靈魂得以喘息，讓我世俗的身體得以沐浴。……每次去高原，都不是一次旅行，而是一次與老朋友的會晤與交談」[24]。她甚至認定：西藏即是她靈魂的故鄉。這類以西藏作爲「心靈淨土」的書寫，也算大宗，在最著名的西藏旅者馬麗華和溫普林筆下，不時讀到這種感覺。

---

[23] 《聆聽西藏：以散文的方式》，頁 466。

[24] 裘山山〈在遙遠而又陌生的地方〉，收入《聆聽西藏：以散文的方式》，頁 55。

　　較特殊的例子是高葉梅（1956-）的〈不散的筵席〉。本名額爾敦其其格的高葉梅，是蒙族作家，自十六歲下放到西藏，在拉薩和曲那居住了十年，之後又多次往返北京與藏區。當她回憶起二十六歲那年，回到北京之後，「我的靈魂似乎在幾年內都沒有給它找到適宜的安安之地。……大都市的燈紅酒綠與我們被古樸環境塑造出來的思想感情對不上號，世俗的一切都在向我們被淨化的心挑戰。……我在回憶中尋求生命驛動的感覺；我在與西藏建立的精神和人際關係中寄託我的靈魂。還有，在當時我並不能完全瞭解的，隱匿在我內心深處的一份不可迴避的良知」[25]。她在心理的困頓中，不斷寫信給藏北的友人，傾訴心中「淨土」在現代都市文明衝擊下的痛苦，所以她多次回到那片心靈真正的原鄉。

　　從納木錯奇景的視覺震撼、布達拉市井見聞的奇異感受，到西藏高原樸實文化對內在心理的洗滌作用，旅藏和進藏作家以「外省」文化視野為核心的「淨土書寫」，已構成當代西藏文學的美麗地景。雖然兩者的文章在某些題材會出現深度上的差異，但他們對西藏的考察和洞悉力還是不及土生土長的藏族作家。從量化的角度而言，旅藏與進藏作家的「淨土書寫」儼然成為當代西藏文學中不可缺席的重要板塊。

---

[25] 高葉梅〈不散的筵席〉，收入《聆聽西藏：以散文的方式》，頁 36-38。

二、西藏的神祕位址

最早出現在全國性大型文學選集的藏族作家，以詩人為主，在解放軍擔任行政工作的前行代詩人饒階巴桑（1935-）發表於一九六二年的〈鷹〉，可作為早期藏族詩歌的一次抽樣觀察。他在詩裡描寫以老鷹作為部隊的偵察先鋒：「兩個偵察兵出去已久，／指揮部等待著下令，／進攻線在地圖上停留，／窒息著勇士的心胸。」[26]不管從哪個角度來分析，這兩隻「鷹」都不具備西藏文學的「成分」。當年的創作者，完全沒有西藏民族意識，只有所謂的「新中國」。在徹底漢化的書寫意識／模式底下，完全聽不到西藏的聲音。

三十年後，歷經好幾個文學世代的新陳代謝，我們總算在才旺瑙乳（1965-）的〈生命的守望〉中，讀到西藏的「位址」（site）。在這首百行組詩裡，作者先透過第一人稱的「我」來刻劃自己回到拉薩的心境與神態：

> 我坐在九二年的拉薩河邊
>
> 像一塊韌性很好的石頭
>
> 坐等一件往事
>
> 沒有任何衝動和感覺[27]

---

[26] 饒階巴桑〈鷹〉，收入邊疆文學叢書編委會編《邊疆文學詩歌精選》（昆明：雲南人民，1999），頁40。

[27] 才旺瑙乳〈生命的守望〉，收入色波編《瑪尼石藏地文叢（詩歌卷）‧前

如果只有「拉薩」這個空間錨定的意象是不夠的,「西藏的神祕感」或「淨土特質」,必須由敘述者的心境來決定。「一塊韌性很好的石頭」,即有老僧入定的形象特質,而且跟河邊的景致融合在一起,天衣無縫,十分符合藏族文化的宇宙觀;至於「坐等一件往事/沒有任何衝動和感覺」,正是西藏人對待時間的智慧與態度。短短四行,便很精準地勾勒出一種在時輪運轉中,兀自禪定的超然感覺。接下來,作者轉換人稱/敘述視角,用「他」的身影,來傳達「多年以後會有一個人站在太陽城中心」(這一節的小標題)的情境:

> 他風塵僕僕
>
> 來到這裡,來到市中心
>
> 站在廣場中央
>
> 他的神態疲憊,目光安詳[28]

西藏的文化位址不再是很機械地安置在「拉薩」、「大昭寺」等刻板意象上,從「他」的神態和目光,我們可以強烈讀到一顆終於回到家鄉,真正安頓下來的西藏心靈。

至於西藏人的生命觀和世界觀,在阿來(1959-)的組詩〈三十周歲時漫遊若爾蓋大草原〉當中,有相當出色的表現,雖然他沒有寫得很深刻,字裡行間卻充滿足以意會不必言傳的感受:

定的念珠》(成都:四川文藝,2002),頁 178。

[28] 《瑪尼石藏地文叢(詩歌卷)·前定的念珠》,頁 179。

許多下午

我到達一個村莊又一個村莊

水邊的石頭滋潤又清涼

母親們從麥地回來

父親們從牛欄回來

在留宿我的家庭閒話收成，飲酒

用櫻木杯，用銀碗

而這家祖父的位子空著

就是這樣，在月光的夜晚

我們緬懷先人

先人們靈魂下界卻滴酒不沾[29]

透過浪遊的眼睛，阿來細膩地感受並刻劃了藏人生活的細節，從日常勞作到接待客人的熱情，從櫻木杯和銀碗，到祖父的位子空著，都可以讀到渾然天成的民族性與信仰。略帶兩分民謠的敘事語調，運用在這個素材上十分貼切，這一小節是組詩最成功的地方。可惜類似的詩作並不常見。

　　另一位更年輕的詩人阿卓（1969-），直接以拉薩為發聲位址，寫他在生活裡的感受：「我住在一座屬於陽光、藍天和桑煙的城市／每一回我在雨夜傾聽悅耳的法號／你沉重的呼吸卻越

---

[29] 阿來〈三十周歲時漫遊若爾蓋大草原〉，收入《瑪尼石藏地文叢（詩歌卷）‧前定的念珠》，頁10。

過東方的天際／馱來犛牛一般結實的經語」[30]。他的抒情筆調比較不能傳遞神祕感，僅僅抓住日常生活的感受，不過「犛牛一般結實的經語」卻蘊含了西藏文化的思維模式。阿卓的筆下，富有西藏色彩的新詩佳構其實不少，譬如：「全部的節季被移向山外，日月滑進骨笛的／呼喊！我看到第一隻靈鷲飛過來了」[31]，鋪陳想像的方式十分巧妙，整個大自然景物在音色轉換中遠去，同時靈鷲卻應骨笛而來；空間的延伸變化中，我們感受到主體情緒的開闊起伏。但更深處呢？能否找到西藏的精神？究竟是詩歌受到文類特質的先天限制，而無法像散文和小說那般生動地建構文本中的西藏？還是其他因素使然？

不僅扎西才讓（1972-）的〈在甘南桑科〉止於事物的表象，列美平措（1961-）的〈聖地之旅〉、賀中（1964-）的〈西藏之書〉和〈拉薩詩章〉、唯色（1966-）的〈西藏〉，大都過度焦聚在高原風情的描寫，有的近乎山歌民謠，有的像山水詩。風景只是西藏的表面事物，藏族詩人錯過的核心價值，只好交給小說和散文作家來完成。

九〇年代以降的藏族散文及小說家，已清楚意識到他們的寫作，必須突顯出藏族與漢族文化之間的區隔性。於是部分藏族漢語作家，試圖在文本中建構西藏的神話系統，以及宗教信仰和各

---

[30] 阿卓〈靈鷲十四行〉，收入《瑪尼石藏地文叢（詩歌卷）‧前定的念珠》，頁 311。

[31] 阿卓〈幻象〉，收入《瑪尼石藏地文叢（詩歌卷）‧前定的念珠》，頁 312。

種儀式的形成。以小說創作榮獲茅盾文學獎高度肯定的阿來，是扎西達娃之後，晉身主流文壇的重要藏族作家。他在散文〈現實與傳說〉中，描述了原始藏族「泛靈」信仰裡「龐大複雜的神山系統」，大部分山神都是戰神，「人們祈願或崇奉山神，在部落戰爭頻仍的年代裡，都希望從山神那裡，獲得超人的戰鬥能力」[32]。接著，他沿著泛神論的敘事脈絡，刻劃了原始苯教的歷史與思想特質，尤其著重它在佛教傳入之後，努力創造經典——「伏藏」——以期生存的過程。

　　神話主題是阿來的創作方向，他在一篇描寫上古神話英雄的短篇小說〈阿古頓巴〉當中，以藏族的史詩視野，刻劃了一個很道地的古代：

> 產生故事中這個人物的時代，犛牛已經被役使，馬與野馬已經分開。在傳說中，這以前的時代叫做美好時代。而此時，天上的星宿因為種種疑慮已彼此不和。財富的多寡成為衡量賢愚，決定高貴與卑下的標準。妖魔的幫助使狡詐的一類人力量大增。總之，人們再也不像人神未分的時代那樣正直行事了。[33]

從阿來的意象運用，可以看出藏族文化及想像的資源，對西藏小

---

[32] 阿來〈現實與傳說〉，收入色波編《瑪尼石藏地文叢（散文卷）·你在何方行吟》（成都：四川文藝，2002），頁110。

[33] 阿來〈阿古頓巴〉，《阿來文集·中短篇小說卷》（北京：人民文學，2001），頁237。

說風格的建構，有一定的助益。所以他在中篇小說〈寶刀〉，結合了喇嘛教的法力、礦脈／龍脈的神話、鑄造寶刀的奇蹟，融鑄成一則動人的神話故事[34]。阿來獲得第五屆茅盾文學獎的魔幻寫實長篇小說《塵埃落定》，更是淋漓盡致地刻劃出一幅神巫大戰的景觀（尤其第十七節的罌粟花戰爭），以及許多西藏的民俗和信仰。不過他卻明白表示：「因為我的族別，我的生活經歷，這個看似獨特的題材的選取是一種必然。如果呈現在大家面前的這部小說真還有一些特別之處，那只是為了一種更酣暢，更為寫意，從而也更為深刻的表達」[35]。西藏的神祕事物，對藏族作家而言只是一種自然，卻在漢人閱讀歷程中，因為陌異感而產生巨大的驚艷與回響，這也是一種自然。

密教的喇嘛、法王、活佛、仁波切，甚至原始苯教的神巫，已經成為當代西藏文學的重要角色，譬如扎西達娃的〈西藏，繫在皮繩扣上的魂〉和〈西藏，隱祕歲月〉、唯色〈絳紅色的上師〉、索朗仁稱〈神奇的舅爺喇嘛〉、吉米平階〈有個弟弟是活佛〉等中短篇小說，喇嘛們都有吃重演出。藏傳佛教的元素（喇嘛、旗幡、天葬、法器）對淨土書寫的「神祕感」，有加分作用，所以不可或缺。

詩人班果（1967-）寫過一篇〈貝葉經與西藏〉，他以貝葉經

---

[34] 阿來〈寶刀〉，《阿來文集·中短篇小說卷》，頁 533-585。
[35] 阿來《塵埃落定·後記》（北京：人民文學，2001），頁 425。

的古老傳統為題，表面上寫的是這種「不能複製的」最古老的梵文佛經，實際上暗喻西藏的處境：

> 貝葉經的命運可說是大悲中的極樂。它的易腐蝕性使得已保存的部分彌足珍貴，它的這種屬性使研究者既恨又愛。……人們珍愛它，是因為它的葉脈記載了當時雨水的流程和陽光的幅射，記載了溫度的變遷以及作為樹種的歷史。更因為它刻下了古代人們的心靈之聲和智慧的痕跡。從文化這個意義上講，西藏，是不是也彷彿這種古老的樹葉，有著同貝葉經一樣的歷史、一樣的命運？[36]

只有藏族才能從貝葉經找到西藏最貼切的形象，理論上不應該保存下來的貝經葉，它先天的形軀、過去的作用，以及未來的命運，無一不是當前西藏文化的隱喻。可惜這篇散文太短，班果並沒有沿著這個脈絡展開更深遠的論證。

　　班覺（1941-）以藏文書寫的短篇小說〈昌珠寺觀後〉（益希單增譯），處理了佛像的保存問題。他在小說中記述一座興建於一千三百多年前贊普王時期的「昌珠寺」，它在文革中被完全摧毀。敘述者在訪查昌珠寺時，發現一尊「滴有般青夏加西日大師鼻血的四手度母」，並由此帶出文革時，老藏人夏宮格桑冒險拯救佛像的故事[37]，生動地表現了西藏人對佛教的虔誠信仰。

---

[36] 班果〈貝葉經與西藏〉，收入《瑪尼石藏地文叢（散文卷）‧你在何方行吟》，頁308。

[37] 瑪拉沁夫、吉狄馬加編《中國少數民族文學經典文庫（散文‧報告文學

　　扎西達娃的散文〈聆聽西藏〉，探討了西藏民族史及文化變革上的幾個疑問。他首先指出陽光對西藏人民的重要性，尤其冬天的陽光，可以讓整個西藏處於寧靜、安詳、閒暇的美好狀態。但奇怪的是：泛靈論的西藏先民竟然沒有創造出一個太陽神。他始終覺得大自然截然二分的光明與黑暗，彷彿善與惡的強烈對比，是形成藏傳佛教的重要因素之一。更困擾他的是：「西藏人從一個馬背上勇猛好戰的遊牧民族變成了整天坐著念經坐著幹手工活坐著冥想並且一有機會就坐下來的好靜民族。這一動一靜的氣質在今天的西藏人身上奇妙地混合在一起。一個草原牧人經過數月艱辛跋涉來到拉薩後，卻能一連幾個星期寄宿在親戚家一動不動」[38]。這兩個問題從不見於其他散文或小說，詩更不用說了。扎西達娃沒有找到圓滿的解答，畢竟那是先民的事。正因為沒有答案，所以它更神祕了。

　　沒有足夠電力能源的西藏，黑暗比任何地方都來得漫長、龐大，而且厚實。扎西達娃總覺得：

　　　黑夜有它獨特的聲音和氣浪，它像一具有生命的軀體在悄悄蠕動；它給我靈感和啟示，我總是能聆聽到一個神祕的聖歌在天際的一隅喃喃低語。當我進入寫作狀態時，這個聲音像魔法一般籠罩我的整個身心，使我在腦

卷 [上])》（昆明：雲南人民，1999），頁 322-328。

[38] 扎西達娃〈聆聽西藏〉，收入《聆聽西藏：以散文的方式》，頁 5。

> 海中湧現出刻在岩石上的咒語，在靜謐的微風中拂動五
> 色經幡旗……[39]

真實和幻覺在西藏的黑夜中很難找到明確的界線，扎西達娃入魔的狀態聽起來好像很符合西藏的神祕氛圍，重要的是：我們或許已經找到扎西達娃比任何一個先鋒小說家，更能夠掌握拉美魔幻實寫小說的原因──他本來就身處這種真幻莫測的神祕世界，一切只是水到渠成的事。我們終於知道「聆聽西藏」的深意，原來是指扎西達娃（以及所有的西藏作家）對這片神祕雪原的一種超驗的、形而上的體悟，不落言詮，無際無邊。這種渾然天成的魔幻寫實策略，我們也不妨將之視為某種「神祕詩學」（mystic poetics）。

從神話英雄、貝葉經、四手度母，到黑夜中的感悟，讓當代西藏文學裡的淨土圖象有了不可思議的內容。這些被寫進小說和散文裡的神奇故事，都背負著推薦／振興當代西藏文學的大任，那是西藏作家企圖向整個文學世界傳達的聲音。

三、現代化的隱憂

五十年來，北京政府在西藏自治區雷厲風行地落實社會主義改革，一度大肆破壞古老的佛教廟宇，並限制藏人的宗教信仰。不過，在此同時，他們努力鋪設鐵路和公路、加速城市的現代化、

---

[39] 《聆聽西藏：以散文的方式》，頁6。

廢除農奴制度、推行普通話，並發表所謂的《西藏現代化發展白
皮書》與《西藏人權白皮書》。可能是政治壓力使然，西藏作家
從不觸及政治敏感度較高的題材，頂多回憶文革對藏傳佛教的迫
害；至於納木錯、布達拉宮、天葬等地景對他們來說，早已失去
創作的誘因。更多的時候，他們選擇重新創造、詮釋西藏的古老
文化遺產，進而反省西藏現代化的過程中所遭遇的問題。

　　扎西達娃在代表作〈西藏，繫在皮繩扣上的魂〉裡，開宗明
義地告訴讀者，這是一個「故事裡的故事」，一篇完全虛構的小
說，同時出自（虛構的）扎妥・桑傑達普活佛，和被他自己封存
起來的小說手稿。「時間」座標的掌握，是讀懂這篇小說的關鍵，
我（敘述者）和扎妥寺第二十三位轉世活佛對談的時間點，是未
來已經高度現代化的西藏，活佛「斷斷續續回憶起當年那兩個年
輕人來到帕布乃岡山區的事」[40]，已經是遠在一九八四年（扎西
達娃撰寫這篇小說的時間）的舊事了。作者要講的是：一個即將
被「未來」的活佛「回憶」的「現在」的西藏。古老經書裡的人
間淨土「香巴拉」其實就是完美狀態的西藏，它將經歷一場現代
文明與傳統價值的文化戰爭，《香巴拉誓言》已經預告了結局。
不過，《時輪金剛法》卻建立一個善惡生滅循環的信念，歷經這
場數百年的劫難之後，宗教盛世會重臨人間。故事中的故事，只

---

[40] 扎西達娃〈西藏，繫在皮繩扣上的魂〉，《西藏，隱祕歲月》（台北：遠流，
1991），頁62。

是一個結果既定的徒然之旅，是一則末日預言。

千百年來的西藏都高度仰賴宗教信仰的力量，它的文化體系、社會意識、宗法結構、人生價值皆離不開密教的指引與影響，一旦處於宗教核心地位的活佛不再轉世，這個龐大的傳統文化架構勢必崩潰，「在沒有了轉世繼位制度從而不再有大大小小的宗教領袖以後，也許便走向它的末日」[41]。面臨現代化衝擊的西藏，令作者憂心忡忡，直接去探討這個問題又顯得太沉重，魔幻寫實手法正好派用上場，不但成功捕捉西藏宗教文化的神祕感，更巧妙地透過「時空」的錯置、延伸、滲透、移轉，構築末日預言，完成小說創作本身的實驗。

這篇小說的敘述者在故事的最後，追上他在文本中敘述的人物，塔貝和婛非但沒有找到「香巴拉淨土」，反而陷入現代化的俗世，連敘述者自己也不知道該把他們帶到什麼地方去。這個故事無法獲得一個正式、完滿的結局，因爲扎西達娃還在苦苦思索、凝視著「現代西藏」的誕生。在塔貝和婛之外，一種能夠完美融合傳統與現代的「新人」還未能創造出來。

失去最高精神領袖達賴喇嘛的西藏，同時失去了悠久的政教雙持傳統，所幸仍有眾多活佛支撐著龐大的宗教信仰結構。扎西達娃最擔心的是：以活佛爲象徵的傳統文化、知識體系，能否經得能起現代物質文明的衝擊？原本安貧樂道的西藏百姓，會不會

---

41 《西藏，隱祕歲月》，頁 60。

對自身存在的價值和感受產生質疑？吉米平階（1962-）的短篇
小說〈秋天的童話〉，即暴露了西藏人民由於缺乏生產智識和企
管經驗，被漢族商賈騙去珍貴的藏藥配方，同時也暗示傳統藏藥
的發展瓶頸[42]。不僅這篇小說呼應了扎西達娃的憂患意識（以及
預言？），詩人班果（1967-）的〈塔的誕生〉，也記述了一幕西
藏人面對現代化的心理影響。詩的開頭是熟悉的佛塔，依然盤踞
如堅守的碉堡，但隨即出現：

> ……一座電視鐵塔
>
> 當代占領貧瘠高原的標誌物
>
> 一座煙囪。
>
> 向荒原上的飢餓者昭示生命的崛起
>
> 並誘惑他們[43]

新的資訊開啓了西藏人的眼界，當然也改變了他們的思想價值，
甚至赫然發現西藏生活的封閉與困頓，於是傳說中的「香巴拉／
淨土」立即陷入現代化的俗世泥淖當中。懸殊的貧富差距、古老
傳統與現代流行文化的美學差異，徹底瓦解了西藏年輕人的民族
自尊心，原來自給自足的一切哲理與信念，登時節節敗退：

> 群山開始後移，天空開始傾斜

---

[42] 吉米平階〈秋天的童話〉，收入色波編《瑪尼石藏地文叢（短篇小說卷）‧
智者的沉默》（成都：四川文藝，2002），頁255-273。

[43] 班果〈塔的誕生〉，收入瑪拉沁夫、吉狄馬加編《中國少數民族文學經典
文庫（詩歌卷）》（昆明：雲南人民，1999），頁241。

目光、感情無法攀上火車、電車的奔馳

………

流暢的道路蛇一般咬得他們心尖發疼

女兒們開始羞愧於自己的沉重皮襖[44]

儘管詩人不忘在本文不擬引述的詩末，補上幾句象徵性、勵志性
的話語，強調西藏民族精神的奮發圖強。不過那全是空話。

　　進藏十餘年的漢族「西藏迷」溫普林，在《我的堪卓瑪》一
書中，記述了現代西藏最赤裸的窘境。現代化的拉薩最大的改變
在市容，「瓷磚兒──在國際上已屬落後淘汰之列的建材卻成為
這座一千三百年古城的統一化妝品」[45]，結果放眼望去，整個拉
薩市變成「一排排白磁磚貼面兒黃琉璃瓦嵌邊兒鋁合金玻璃牆的
現代化建築令我恍惚中就如同從亞運村來到了昌平，那種小城鎮
的欣欣向榮散發出一種急不可待的慾望氣息，這種慾望也觸動了
我的一種惡俗的念頭」[46]。原來藏族風格的建築外觀已經被「現
代化」了，早晚有一天，布達拉宮會被一大群白色磁磚的現代建
築圍困在一個古老的角落。至於「淨土」，將成為一則更遙遠的
傳說。

　　對西藏現代化問題的討論，藏人與非藏人之間的意見相當兩
極化。在國際社會的詮釋裡，「西藏」比較像是一個不食人間煙

---

[44] 《中國少數民族文學經典文庫（詩歌卷）》，頁 241-242。

[45] 溫普林〈錯覺〉，《我的堪卓瑪》（拉薩：西藏人民，2003），頁 118。

[46] 《我的堪卓瑪‧後記》，頁 322。

火的佛國淨土，它甚至是一個「符號」。極大部分漢人與追尋香
格里拉的歐美旅客，對西藏抱持著某種獵奇與冒險的神祕想像，
他們認知裡的西藏是原始的、簡樸的、宗教至上的一片淨土，那
裡所有的生存價值都跟外在的資本主義世界不同，所有落後的事
物都被詮釋成美好的初始狀態，所有生活的苦難都被視爲物質文
明的超脫。

　　「西藏」必須永遠保持雪域淨土的原貌。

　　然而大部分藏族百姓的看法卻未必相同，如果我們翻開《見
證百年西藏：西藏歷史見證人訪談錄》，便讀到藏人的心聲，他
們談到宗教教義對飲食文化的影響[47]、社會硬體建設的進步、教
育體制的改進，以及昔日農奴制度下的辛酸。這是漢族作家筆下
讀不到的文字。飽含（異域）文化想像的香巴拉淨土，其實就建
設在傳統藏民的貧瘠（或所謂的「簡樸」）生活上面。

---

[47] 西藏學者巴桑旦對佛教嚇阻／禁止藏民吃魚和其他小動物感到十分不
滿，諸多規律迫使藏民的飲食文化趨於單一化，永遠侷限在牛肉和青稞等
少數幾樣食材，所以他說：「原來我們藏民族該吃什麼，不該吃什麼由『佛』
與『神』說了算，如今，這種權威性正在打破，我們民族把『吃』的權利，
逐步從『神』與『佛』的手中爭奪過來，變成我們自己的權利，這也不僅
僅是一個『吃』什麼的問題，而是解放了我們藏民族的民族心理，解放了
我們人的個性。」〔巴桑旦〈從飲食文化變遷看我們藏民族〉，收入張曉明
編《見證百年西藏：西藏歷史見證人訪談錄（下冊）》（北京：五洲傳播，
2004），頁63-64。〕

結　語

　　李敬澤在〈山上寧靜的積雪，多麼令我神往〉裡，不但詳盡地陳述了西藏的「發現史」，還提到方興未艾的「西藏熱」：「到二〇〇三年，在中國的城市，『西藏』成了飄揚在成功、金錢、慾望和迷茫之上的華美旗幡：誰不曾神往地談論西藏？誰不曾去過西藏或要去西藏？誰沒泡過西藏風格的酒吧？誰沒看過有關西藏的書或雜誌或電視？誰不曾在某個瞬間為對西藏一無所知而自卑？」，最後「西藏被論述和界定出某種化石般的文化本質，並因此成為一種消費品」[48]。這個「消費西藏」的流行趨勢，將摧毀這個洋溢著酥油香氣的古樸文明。

　　本文從旅藏與進藏的詩人作家對西藏淨土的無限驚歎、西藏漢語作家以神話、傳奇、宗教意涵來建構的西藏圖象，到現代化建設下的隱憂，從三個層次架構成當代西藏的「淨土書寫」。然而，那個曾令眾多文人墨客神縈夢牽的「香巴拉／淨土」，會不會從「世界屋脊」上消失呢？那是扎西達娃，以及每一個藏族知識份子的憂慮。如何讓生活物資極為匱乏的「淨土」，在現代化進程中持續保有傳統文化的精神特質與面貌，考驗著所有藏民的智慧。

　　有一首組詩的片段，很適合用來結束這篇對西藏充滿憧憬和

---

[48] 韓忠良、祝勇編《布老虎散文 2004 春之卷》（瀋陽：春風文藝，2004），頁 116。

憂慮的論文：

> 小小村莊
>
> 坐落在世界最高處
>
> 像是大地上隨便的一塊石頭
>
> 鑿出門和窗戶
>
> 佛和人住進去
>
> 人把一粒青稞種成一萬粒青稞，把一隻羊養
>
> 成一百隻羊，然後掰著指頭計算：青稞夠了，
>
> 羊也夠了……
>
> 佛不說話，一碗清水也就夠了[49]

刊載：《中國學術年刊》第 27 期，2005. 03

增訂：2009. 07

---

[49] 陽颺〈西藏：迎風誦唱〉，收入中國作協創研部編《2000 中國詩歌精選》（北京：中國作協，2001），頁 12。

從猛禽特寫探討台灣自然寫作的讀者意識

　　台灣的自然環境及生態保育觀念，興起於一切以經濟建設優先的七〇年代，所有的土地開發都只考慮工商業的發展需求，人民的生活水準是高於一切的指標，政府和民間業者不計後果地開發／破壞僅有的自然環境，遂有少數知識份子對此提出控訴。自一九七八年，第一屆中國時報文學獎提倡報導文學以來，台灣作家對保育問題的關懷、批評與探討，逐漸形成一股令人矚目的力量。可視為環保文學先驅的作品，包括心岱《大地反撲》（1983）、韓韓和馬以工的《我們只有一個地球》（1983），這批率先投入保育工作的文學創作者，大多以感性的文字，揭發經濟發展對自然環境的破壞程度，藉此呼籲國人重視公害污染問題，進而提出生態保育的理念。

　　從這時期的環保文學作品，可以讀到許多相對陌生的動植物生態群相，和一股「國在山河破」的憂患意識。這種具有強烈保

育訴求的書寫，大多停留在控訴與宣導的階段，牠還不夠專業，只能提供國人對自然生態的粗略認知，以及反污染的概念。

其後，經過隱逸文學、生態記錄、自然誌等形態的發展，「自然寫作」漸漸成形，作者本身累積多年的生態觀察經驗和專業知識，以及對家國土地的長期思考，讓九〇年代的自然寫作更具立體感和親和力——能夠生動地引導讀者進入自然保育的天地，在細膩的敘述中感受大自然發出的訊息，藉此反省人類應當扮演的角色和義務。

從自然寫作蓬勃發展的成果來看，生態保育意識／知識日趨成熟的不僅僅是作者，同時也包含讀者以及整個大環境。即使略過各種保育運動的成效，單就賞鳥活動來作抽樣觀察，即能發現保育意識的演進：「一個有心的野鳥觀察者，他舉起望遠鏡時，看到的不只是鳥類，或者鳥類周遭生存的環境，他也看到一個自己的夢想，一個自己對世界的態度。……這時，鳥只是一種媒介，他們藉由鳥類，向自然搭出一座橋，回那裡找到自然，並且找到一生奮鬥的目標」[1]。這種「天人合一」的心態，已經超越早期的控訴語言，晉級到較成熟的階段。

自然寫作一方面體現／落實了作者的保育意識，同時也驅動／教育了廣大讀者（譬如賞鳥人）的保育行為，牠儼然成為一個肩負重大社教功能的次文類，作者與讀者間的關係比任何主題的

---

[1] 劉克襄《自然旅情》（台北：晨星，1992），頁 21-23。

書寫來得緊密；然而這個領域包含了一般讀者較陌生的物種，無數的學名與俗稱的糾纏、必須用工筆仔細描繪的生物形軀與生態情境，無論是企圖「再現」或「交代」自己的生態閱歷，都成了作者必須面對的難題。因此一個自然寫作的文本，就免不了要兼顧讀者的解讀能力，在書寫過程中預設了各種可能的閱讀心理。

如影隨形的預設讀者，遂成為自然寫作者的宿命。

本文以劉克襄認為「鳥類裡最難觀察其習性」[2]的「猛禽」作為分析據點，主要有三個原因：一是屬於隼形目（Falconiformes）的猛禽，無論是鷹科（Accipitridae）、隼科（Falconidae）、鶚科（Pandionidae），都是一般讀者印象較深刻的「老鷹」，這個通稱所代表的前閱讀印象，讓本文可以省去許多「再解說」的困擾；其次，牠的蹤跡遍布多位具有代表性的自然寫作者，而且大多是兼顧到形貌與習性的專文特寫，大大提高了討論的潛力；此外，楊牧的一篇散文〈亭午之鷹〉（1992），正可作為一個「非自然寫作」的對照文本，有助於強化本文的論述。本文將透過多位作家在文本中，對文學語言和專業知識的平衡操作，來探討自然寫作的讀者意識。

先從楊牧的〈亭午之鷹〉談起。

這篇散文的楔子是一段摘自他一首短詩〈心之鷹〉（1992）

---

[2] 劉克襄〈外木山傳奇〉，收入沉振中《老鷹的故事》（台北：晨星，1993），頁3。

的詩句,敘說一種「鼓翼而亡」,超脫在所有束縛之上的心境;在他「丘壑凜凜的心」中,鷹象徵著自由的渴望。牠是一種充滿寓意的飛翔,而不是生態意義上的飛禽。同樣的心境擴大成篇,再繁衍出更大更圓融的情節,便成了一隻「亭午之鷹」。

「一隻鷹曾經來過,然後竟走了,再也沒有蹤影」[3],文章一開始,楊牧只交代了一個模糊的時空,以及一隻偶然的鷹。事情「發生在去年秋冬時際」[4],那時他們「才住進這靠海的公寓不久」[5],這隻來歷不明的鷹就站在九樓公寓的陽台欄杆上,在近午時分。「現在牠的的確確站在那裡,就在離我咫尺的玻璃門外,讓我這樣驚訝地看見牠,並且也以牠睥睨的風采隨意看我一眼,仿佛完全不在乎地,這鷹隨意看我一眼,目如愁胡,即轉頭長望閃光的海水,久久,又轉過頭來,但肯定不是為了看我。牠那樣左右巡視,想來只是一種先天倨傲之姿,肩頸接觸神經自發的反應,剛毅,果決,凜然」[6]。這隻鷹的出現非但沒有牽動相關的生態知識,牠存在的場景也很奇特,牠構成璀璨海景最重要的一部分,用睥睨萬物的風姿凝聚了楊牧全部的心思。楊牧不去辨識牠是哪一科的猛禽,只說是「鷹」。是鷹就夠了。因為他要捕捉和營造的,正是人鷹對屹時那股令人屏息的圍氛。即使連鷹

---

[3] 楊牧《亭午之鷹》(台北:洪範,1996),頁 173。

[4] 《亭午之鷹》,頁 173。

[5] 《亭午之鷹》,頁 173。

[6] 《亭午之鷹》,頁 175。

那氣定神閑的巡視動作，也是想當然地視爲一種先天倨傲之姿。楊牧對鷹的理解，是主觀的；彌漫其中的是情感，而不是知識。

完成觀鷹的心理描述，楊牧把筆觸轉焦到牠的羽翼：「牠的翮翼色澤鮮明，順著首頸的紋線散開，聚合，每一根羽毛都可能是調節，安置好的，沒有一絲糾纏，衝突，而平整休息地闔著，如此從容，完全沒有把我的存在，我好奇的注視放在心裡」[7]。細節的顯微依舊是感性的，楊牧在鷹的形象上詮釋出一種王者的氣度，從容不迫的敘述，則有效地勾勒出鷹那從容不迫的丰采。讀者在文本中讀到的其實不是鷹，而是透過鷹來營造的整體氛圍，以及鷹所象徵的來去自如、強健從容的生命風格。

讀過〈亭午之鷹〉，讀者不會對鷹有更深入更專業的認識，因爲那並非楊牧的寫作動機。從楊牧的敘述語調可以發現，他不會考慮讀者是否想知道有關鷹的種種，他只關注整個意境的營構與傳遞。因爲那才是這篇散文的核心。讓讀者對作者所描述的生物，有更深入的瞭解與認識，可視爲生態散文或自然寫作的一個基本要素。也是「自然讀者」[8]的普遍期待。

讀劉克襄和其他自然寫作者的散文，必須有這樣的期待。

劉克襄在他第一部自然寫作文集《旅次劄記》（1982），以一

---

[7] 《亭午之鷹》，頁 175-176。

[8] 爲了論述上的方便，本文將所有關注生態保育及自然寫作的讀者，權稱爲「自然讀者」；主要包括賞鳥人士、保育人士和長期關心此一主題的忠實讀者，他們可視爲自然寫作第一順位的預設讀者或理想讀者。

位初入行的觀察者視野，寫下一九八〇年秒到八二年春天的各種觀鳥心得。其中〈划船看鷹〉就透露了許多跟楊牧截然不同的思緒：「後來在湖邊有一隻鷹從山嶺掠過，我們從牠的長尾巴與特殊的叫聲鑒定是雀鷹。又有一隻收翅撲近水面，卻沒有捉到任何獵物，會不會是魚鷹？光復以後，魚鷹就不曾回到日月潭來」[9]。同樣是偶爾出現的猛禽，但劉克襄卻立即對牠進行辨識，然而他沒有說明何以鑒定此二鳥為雀鷹和魚鷹，僅以「收翅撲近水面」來暗示獵食的是魚鷹。不過他還是清楚分辨出猛禽的科目。

書中另一篇〈九月來的紅隼〉對紅隼的獵食有較詳細的描述：「牠在獵食時，並不像大冠鷲藉氣流盤旋升降。也非鳳頭蒼鷹的急遽下來。只是垂直俯衝捕捉野鼠，或者飛行裡直接攻擊小鳥。但紅隼偏愛食直翅目的小昆蟲」[10]。但這些毫無結構可言的六百字劄記，根本無法滿足讀者的期待視野；太過簡略的敘述，在在暴露了當年劉克襄在專業知識上的不足，而且導引讀者入門的意圖十分薄弱。這些連物種之科目與學名都忘記附上的文字，果真只能稱之為劄記。

大約十年後，劉克襄寫了一篇〈海東青〉，從《辭源》對此鳥得名的解釋、現代學名的解說、乾隆時代《熱河志》裡的敘述和乾隆的御詩、郎世寧栩栩如生的畫作《白海青圖》和乾隆題的

[9] 劉克襄《旅次劄記》（台北：時報文化，1982），頁60。

[10] 《旅次劄記》，頁48。

〈白海青歌〉、昔時王公貴族草原狩獵的雄姿、一八四〇年代美
國繪鳥大師對飛行與獵捕的形容、一九三〇年代鳥類學家所查證
的覓食行為、鳥類觀察者對烏鴉攻擊的見聞,到作者親睹的鷗隼
空戰。這篇文長四千字的散文,展現了作者豐厚的生態及文化知
識(尤其比以前多了學名注釋),以及消化資料和謀篇運筆的卓
越能力;使讀者在絲毫不感壓力的情形下,尾隨著《辭源》對「海
東青」的解釋,層層遞進,從史料跨過故事和解說,再躍進目睹
的事實,最後對這隻猛禽有了全方位的瞭解。一切都歷歷在目,
且了然於胸。一如劉克襄在文中所說的:「有了郎世寧《白海青》
的寫實圖,與今日鳥類圖鑑一比對,海東青的身世遂真相大白。
原來牠就是現今稱呼的矛隼(Gyrfalcon),拉丁學名Falco
rosticolous,是隼科中最大型的一種。」[11]

　　明確、詳盡、生動、深刻的敘述,不但消除了讀者與海東青
之間的距離,更具備一般自然寫作所難企及的文學性與厚實感。
這種自然寫作的範本,足以滿足「自然讀者」的期待。

　　不過,像〈海東青〉這樣出經入典、旁徵博引的大製作,卻
不算是自然寫作裡的典型。自然寫作通常選擇一個特定時空作為
觀察的基礎,敘述的重心主要集中在「細節的顯微」和「知識的
傳遞」兩大項目,至於洋溢在字裡行間的「追蹤／追究意識」,
則是另一項重要的思維特徵。他們總是希望透過鉅細靡遺的描

---

[11] 劉克襄《自然旅情》,頁225。

述，讓讀者去「重建」作者的見聞與感受。不過「描述」的行為本身，主觀的文學性和客觀的知識性之間的平衡，卻是一個值得討論的議題。

凌拂的〈大冠鷲〉就花了很多的筆墨，去刻劃大冠鷲在風中翱翔的英姿：「氣流彷彿有形有線，因了大冠鷲的關係，我清楚看到氣流在天空裡浮流的線。……憑虛御風，要有所待，大冠鷲的盤旋必須仰賴熱氣流，選擇日麗風和的天氣是有所待」[12]。凌拂在敘述中向讀者交代了鷲依賴熱氣流的飛行原理（「知識的傳遞」），至於牠的俗名「蛇鷹」，則透過簡單的說明和一則生動的故事來交代：「大冠鷲俗名蛇鷹，以蛇與蜥為主食。朋友曾經看過牠捕食一隻身形尺餘的長蛇，蛇身長大，大冠鷲以利爪搏擊中（時）朋友正好出現，倉皇中蛇身扭曲，大冠鷲因心有旁鷲，分神中幾度無法抓牢蛇身，飛起半途獵物摔落」[13]。凌拂如此細述捕蛇的實況（「細節的顯微」），無非是為了讓讀者有足夠的文字憑藉，去重建一個鷹蛇大戰的畫面，由此記住「蛇鷹」的習性與俗名之由來。

其次，她費了更大的篇幅去描繪兩隻烏鴉對一隻大冠鷲的凌空搏擊。最後她「嘗試預設和領域、食物有關？然大冠鷲食蛇、食蜥，而烏鴉雜食或嗜食腐肉。大冠鷲領域性不強，那麼是烏鴉

---

[12] 凌拂《與荒野相遇》（台北：聯合文學，1999），頁 154-155。

[13] 《與荒野相遇》，頁 155。

爲護領域主動攻擊囉,可是烏鴉又有移棲行爲;想想不得究竟,
難不成後來者驅離先至者,烏鴉的海盜行爲是與生俱來的」[14]。
一物剋一物,現象背後還是有不可解的問題。她的自我詰問(「追
蹤/追究意識」)即是讀者可能注意到的問題,而且在疑問中不
忘透露這兩種飛禽的獵食物件,以及領域概念。於是這篇一體成
型的散文,便成功地將作者所有大冠鷲的生態知識,在一個美好
的雨後清晨,逐一交代完畢。

　　不過凌拂還是不放心,遂在文章裡附了三張素描:一根大冠
鷲的羽毛特寫、一隻成鳥、一隻亞成鳥。她希望有助於讀者在讀
閱過程中,建立更具體的猛禽印象。這用意跟劉克襄在〈海東青〉
篇中附錄了郎世寧的《白海青圖》是一樣的。

　　附圖說明,可說是自然寫作者替讀者設想的一大特色,卻也
暴露了作者的憂慮:唯恐文字功能之不足。

　　如果把自然寫作和詩來進行對比,便能清楚前者的焦慮。詩
使用的是一種高度表現性或表演性的語言,其中包含著許多不確
定性和留白效果,由此形成有待填補的「召喚結構」,這種結構
吸引讀者介入其中,進行主觀的詮釋或想像。自然寫作是反其道
而行,牠急於提供讀者所有的訊息,步步爲營,引導讀者進入一
個由作者辛苦編碼而成的生態世界,這裡一切都準備就緒,等讀
者去吸收、重建。

---

[14]　《與荒野相遇》,頁 156-157。

這是自然寫作的發展趨勢,或許也是牠的困境。

陳煌在《人鳥之間》(1997)裡記述了許多猛禽,篇幅也不小,可他採取了更感性的敘述策略。跟楊牧一樣,他以王者之姿來描述重返野鳥新樂園的大冠鷲:「牠冷靜的滑翔,像從雲的艦隊走下來從容不迫的皇室。……當牠站在枯枝的自己寶座上時,會以炯炯的目光檢視牠的子民,看清誰又攜家帶眷,兒孫滿堂了。然後低著頭顱,將頭上的白色羽冠迎風展示,讓躲在遠處暗中偷窺的松鼠和蛇,以及其他小哺乳動物,確認牠並未退位,而且還保持強壯的力量」[15]。接下來他更進一步透過無比生動的「擬獵物」視野,來烘托大冠鷲的雄姿:「我也學松鼠藏匿在暗處,對大冠鷲依然神采奕奕,感到敬畏。無疑的,在這鳥類王國裡,牠與生俱來的皇族血液中,牠表現得出色沉著,一副威嚴凜然的自傲,遠從古代冰河時代,就不曾被貶抑過。而且,當時的人類對牠也敬如神明。……過了午後,青蛙四處傳佈著大冠鷲歸來的訊息。」[16]

從上述兩大段引文,可以感受到陳煌很努力地去形塑大冠鷲的角色與心理,甚至主動替讀者完成所有的「重建」工作。可是無論從「細節的顯微」和「知識的傳遞」的角度而言,措詞中蘊含的主觀成分,確實遠遠超出大冠鷲固有的生態特質,似乎有過

---

[15] 陳煌《人鳥之間》(台北:晨星,1997),頁 121-122。

[16] 《人鳥之間》,頁 122。

度移情之嫌。然而我們又不得不承認,他在敘述視角與修辭方面的表現,的確精彩動人。

很可惜,《人鳥之間》自我定位為自然志,陳煌在自序裡明言此書「包括了我一年四季的完整定點觀察散文記錄,牠關於野鳥、關於昆蟲草木、關於大自然一切變化的記載,以週記式記錄了野鳥新樂園的地誌」[17],讀者當然不會用閱讀〈亭午之鷹〉的純散文角度來讀牠。所以李炫蒼在其碩士論文中,對《人鳥之間》作如此的評價:「或許作者考慮散文的美質因素,除了物種的名字、習性、色澤、生活環境、生態運動等生動傳神的描述之外,作者常常帶入主觀感性的詮釋,可是太過感性曲折的文學修飾,反而失真,常常干擾了讀者理性認知的部分,究竟踏實的『知性』質素是『自然寫作』的特質之一,也是加深『自然寫作』的不二法門。」[18]

事實上,這正是陳煌對自然寫作模式的一種嘗試——企圖用更柔軟的文學性語言,消除主客體的距離,導引讀者走進他的自然世界。自然寫作如果只剩下嚴肅的「知識的傳遞」功能,一切以寫實或再現現實為優先的話,那會把其他「非賞鳥人」或「非自然讀者」杜絕在外。感性與理性,謀篇與記實之間的平衡,有助於自然寫作者同時吸引內行與外行的讀者;顯然,這就是陳煌

---

[17] 《人鳥之間》,頁 27。

[18] 李炫蒼《現當代台灣「自然寫作」研究》(台灣師範大學國文所碩士論文,1999),頁 39。

寫作《人鳥之間》時，一個隱而不宣的企圖。只可惜他在這篇〈失樂園的意義〉（1987）裡處理得不夠理想。

在〈紅隼飛翔〉（1987）的第一段，他就表現得很「專業」，主觀的臆想色彩盡褪，連氣溫都記錄得十分準確：「攝氏二十一度的冷空氣中，紅隼側著頭盯住身旁的樹梢。在牠還沒採取任何行動前，我也不敢稍事移動一下肩部和視線，因為對一隻警覺性甚高的紅隼，只要我因手臂酸痛而擱下沉重的望遠鏡，牠可能轉身間失去蹤影」[19]。這種寫實性很高的觀鳥動作，很能夠引起賞鳥人或自然讀者的經驗共振。此刻，讀者的注意力不自覺神入／移情到作者身上，瞭望著紅隼。陳煌的下個動作就十分典型了：「接下來，我開始專心辨記牠的各種特徵，以防牠的印象太快由我的記憶裡消失。牠的腳呈黃色，而且是隻成鳥。我一點也沒法判別出，牠是否我在八月杪所發現的同一隻」[20]。辨識與記錄，不正是所有自然寫作者的習性嗎？陳煌觀隼，跟楊牧觀鷹時的反應有很大的不同。這時的陳煌，總算恢復到生態觀察家的陳煌。

當然，自然寫作者慣有的「追蹤／追究意識」，也體現在陳煌身上：「時間相隔約兩個月，牠竟沒再向南方的溫暖地區移棲。這叫我有點費解，到底是什麼原因使牠留下來？鳥類圖鑑上說，紅隼偶爾見於三千公尺以下山地，這又是為什麼？」[21]

---

[19] 《人鳥之間》，頁 299。

[20] 《人鳥之間》，頁 300。

[21] 《人鳥之間》，頁 301。

　　陳煌在觀察紅隼時拋出許多疑問，每個問號都是勾子，勾住讀者的疑慮，可是他沒有答案。生態研究必須經過時間的追蹤和累積，才會有答案。

　　這種紀實性寫法雖然「專業」有餘，卻文采不足，對那些非賞鳥人士而言，無法構成閱讀上的誘因。此外，關於生態保育的現實情況，陳煌時有感慨，且常常跳出來呼籲某些議題，但他的寫作裡沒有早期環保散文的高分貝與悲情色彩，那是因為讀者和整個大環境的保育意識，遠較七○年代來得成熟，毋須再花力氣去進行生態教育。

　　在文學性與知識性的平衡問題上，王家祥有十分耀眼的表現。他在〈夏樹群茂〉中，對鳳頭蒼鷹有極為精彩的描述：「鳳頭蒼鷹則喜歡沿著林冠邊緣無聲無息地滑行；畫著栗色橫斑的白腹以及尾下的白色覆羽微微閃光，和穿越林間葉隙的篩落陽光是一樣的節奏。白腹尾羽是陽光，栗色橫斑是林冠葉際。正足以說明鳳頭蒼鷹是適合梭巡於林冠上層的小型鷹類，在錯綜複雜的密林間近身肉搏，遊刃有餘。」[22]

　　王家祥這部《四季的聲音》是純文字書，沒有附圖，所以他在描述鳳頭蒼鷹時，必須將全部訊息融入行文之中，同時又企圖保持高水準的文字品質。這很不容易。可是他做到了。他竟能把鷹的羽色調配成大自然的色澤，並成功解說牠的鷹類特質，知識

[22] 王家祥《四季的聲音》（台北：晨星，1997），頁56。

與創意在此相融爲一。

　　王家祥對鳳頭蒼鷹的「細節顯微」和「知識傳遞」是同步進行的，他運用了高度意象性的語言，在起伏多變的語言節奏中，述說著牠的習性：「當鳳頭蒼鷹接近林冠之時，牠是一位噤聲閉氣的戰士，嚴格遵守氣流的律動，甚至風聲皆大於牠們的飛行。……鳥兒們躲避這隻無聲猛禽的方法是快速向下直飛，遁入森林底層的灌叢中。鳳頭蒼鷹似乎只肯待在林冠層高傲地遊獵，即使穿梭在重重阻隔，峰迴路轉的樹海之間，牠仍維持優美的滑翔姿態。短暫的拍翅，然後較長的滑行、拍翅、滑行。這使牠成爲林冠間善於御風的王者，氣度雍容，不屑於跳躍穿梭。那些擅於在枝頭攀爬的赤腹松鼠和蜥蜴，老是敗在牠無聲的飛行之下」[23]。細讀之際，仿佛真有那麼一隻蒼鷹在文字的冠層御風翱翔，航線優美流暢，每個動作都很清晰，既雍容又高傲，既簡捷又有力。這段文字一氣呵成，把鷹的天性、飛行姿勢、狩獵習慣、獵食物件等訊息解說得非常清楚，而且渾然天成，找不到資料焊接的細痕。尤其「噤聲閉氣的戰士」，真是個無比精確的譬喻。他成功挑戰了自然與非自然讀者的期待視野，同時滿足兩類讀者可能的閱讀要求。

　　從王家祥對鳳頭蒼鷹的特寫，確實可以找到自然寫作的發展方向與契機。

---

[23] 《四季的聲音》，頁 56。

　　為了突顯上述多位自然寫作者，在文學性與知識性的平衡問題上所作的努力與收穫，本文接下來要討論沈振中在基隆賞鷹的記錄。

　　被譽為「老鷹守護者」的沈振中不算是一位文學創作者，他是一位單純的賞鷹人。所以他的賞鷹記錄毫不考慮所謂的文學性，習慣了上述諸位作家文風的讀者，一旦踏入沈振中的文字世界，便立刻感受到牠的簡陋和真誠。

　　簡陋的是文字，真誠的是對鷹的癡迷與愛護。這是沈振中和鷹的世界。

　　在沈振中第一部賞鷹著作《老鷹的故事》（1993），有一篇兩千多字的〈與大冠鷲對話〉，此文採取十分罕見的第二人稱手法，並非別出心裁，僅僅是為了人鷹對話之便：「80 年 12 月 6 日，下午四點，在護理大樓後面的枯樹上發現你，昂然挺立在那兒，兩眼不斷巡視整個校區，察看這片山林的一舉一動。你也發現了我——一個必須透過望遠鏡才能發現你的人類。你兩眼瞪著我，那種眼神令我一陣愧疚，這片山林是屬於你的，再往前踏一步就是冒入，就是侵犯了你」[24]。很顯然，沈振中沒有謀篇煉字的打算，他把事物和感情赤裸裸地記述下來，卻沒有去預設讀者的要求，一副讀不讀隨你的樣子。

　　「讀者反應」對沈振中而言，根本是多餘的思慮。

---

[24] 沉振中《老鷹的故事》（台北：晨星，1993），頁 150。

　　沈振中所描寫大冠鷲的飛翔，跟凌拂的寫法簡直是天壤之別；在他眼中只有生物的身影，沒有文學的蹤跡：「那也是一個晴天的日子，11:20~12:30 之間，老大冠鷲一共振翼 21 次，而後面跟著的未成年大冠鷲，卻祇能跟著盤旋而一次也抖不成。老鳥邊『抖』邊『忽溜、忽溜』的叫著」[25]。實在很難想像，這部文字極粗糙的賞鷹記錄，從一九九三年到一九九八年，竟然印行了四次，共六千本。看來這數千位讀者的期待視野，就像李炫蒼所說的：「台灣『自然寫作』已經出版的著作，的確有許多作品很難通過傳統文學審美條件的門檻，因此對『自然寫作』的要求不得不遷就於現實作適度的調整。」[26]

　　沈振中的第二本賞鷹記錄《鷹兒要回家》（1998），雖然對鷹的觀察更加細微而且嚴謹，幾乎達到全天候觀察／記錄的程度，可牠的文字卻更加簡陋、更加粗糙。牠不但是沈振中和鷹的世界，更是一個「零修辭」的世界。段落的不銜接、刪節號的大量運用、直覺性的文字記錄，這的確能夠忠實地記載賞鷹的心理反應和歷程，可是事後為何不稍加整理，重新架構成篇呢？難道這群生態讀者要的只是沈振中的賞鷹心得，完全不在意敘述的品質？

　　劉克襄後期的寫作心態有了很大的調整，幾乎可以說明沈振

---

[25] 《老鷹的故事》，頁 157。

[26] 《現當代台灣「自然寫作」研究》，頁 65。

中的創作意識和讀者的閱讀心理。他說:「科學記錄的冗長、枯燥無味,對一個喜愛講求詩般文字精煉度的創作者,無疑是相當殘忍的煎熬。……但我亦無奈地深知,這種重複而呆滯的文字敘述是必須的,唯有透過這般自然寫作的記錄,生態習性的知識才能清楚而準確的表達;閱讀者才能從中獲得更具體的收穫。」[27]

這種創作及閱讀心態上的調整,對自然寫作而言,儼然成為一個趨勢。主要從事攝影工作的周大慶,就花了七年時間觀察魚鷹並出版了《魚鷹之戀》(1998),那是一部以照片為主,文字為輔的生態書籍,他的文字根本不具備討論的條件。其實,那些印刷精美的彩色照片,已經預設了另一類型的讀者心理。

一直以來,自然寫作與國內的生態保育意識/運動,存在著相輔相成的關係;自然寫作經年累月地導引著讀者,日益成長的讀者(市場)反過來滋養著自然寫作。作為一個重要的次文類,倘若牠走上「去文學化」的「純知性」之路,拆掉門檻,捨棄所有煉字謀篇的努力,把自然寫作從文學的國度移植到科學的版圖……。那麼,牠的記述勢必越來越枯燥乏味,最後變成生態觀察的「檔案記錄」。當這些純粹的生態記錄,只剩下供參考或翻查的學術意義,完全失去賞讀的樂趣時,就不能稱為「自然『寫作』」,牠必須納入自然科學裡,成為一個木訥的學門。這時候,Discovery 等生態頻道裡充滿故事性及趣味性的生態記錄,將徹

---

[27] 劉克襄《小綠山之歌》(台北:時報文化,1995),頁 11-12。

底併吞這片文人棄守的園地。

刊載：《國文天地》195-196 期，2001. 08-09

增訂：《華文文學》66 期，2005. 02

台灣都市詩理論的建構及演化[1]

一、前現代：一個待填補的都市敘事起點

在現代文學創作和研究視野當中，「城鄉對立」向來就是一個模式化的道德命題，理直氣壯地構築出一部現代都市文學接受史，作家們彼此因襲這個書寫模式與理念，讀者當然更不假思索。這種都市書寫的焦點全在都市文明的原罪，鄉村被美化為失樂園的同時，也被簡化成人性的淨土，鄉村的真實境況在約定俗成的正面敘述中自行調節，去蕪存菁。完全對立的都市與鄉村，儼然是白黑分明的兩個世界，都市文明成為徹底的入侵者，沒有人會去討論兩者之間的臍帶關係。

---

[1] 本文為〈定義與超越──台灣都市詩的理論建構〉（2004）的「革新增訂版」。首先，在原本的論述基礎上，擴充了一倍的文字篇幅，修正了部分觀點，全面擴大對「都市」和「都市詩」的界定；其次，對台灣都市詩及理論的發展，提出新的結論。由於跟 2004 年版的論文有相當大的差異，所以在此重新收錄，進一步更新我對台灣都市詩理論的論述。

　　對一個都市詩或都市詩理論的研究議題而言，鄉村的機能與文化內涵確實看似無關緊要，它那容積龐大的質物內涵，卻在很多方面可以讓這個議題的分析更宏觀，更完善。不僅僅因為鄉村是都市的對立面，它更是都市的前身和生產者。本文即以工業主義／資本主義的現代化都市為分水嶺，從前現代時期展開都市文學的論述。

　　「古代城市起源於鄉村」的論點，在劉易士‧孟福（Lewis Mumford, 1895-1990）的都市學經典名著《歷史中的城市－－起源、演變與展望》（*The City in History: Its Origins, Its Transformations, and Its Prospects,* 1961），有十分詳實的敘述。劉易士‧孟福認為：由於社會人口、機能、權力的不斷擴充，使得原本各自為政的村莊群落超出負荷，某些村落開始因應實質的運作需求，發展出一個龐大的社會權力系統，將多種功能聚集於一處，並形成新的生活型態。在各種物資性遺跡的研究中發現：古代城市的胚胎構造，就萌芽於村莊之中。它是人類社會各種禮儀、信仰、功能、機制、資源和權力的集中，然後再不斷擴大和發展，在四千餘年的漫長時間裡，成為人類文明和慾望的據點，保護著它的子民的同時，卻又引發因被征服而帶來的破壞。劉易士‧孟福也強調：無論城市的物質形式或是它的社會生活，自形成城市的集中聚合過程開始，很大程度上都是在戰爭或戰略目的中逐漸形成的，所以才產生出一套精心構築的要塞、城牆、碉堡、哨塔、壕塹、運河。這些設施一直

到十八世紀都代表著各重要歷史性城市的特點。[2]

　　劉易士‧孟福的看法雖然以西方城市爲主要依據，在某個層面上也符合中國古代的城市形態——築堡爲城。堡是城的空間形象，多元化機能的集合才是一座城市的存在價值（空間內容）。既然古代城市的前身是由很多個大村莊的生活機能匯集而成的，大量聚集知識和資源後再生產出新的秩序和文化，它並非鄉村的對立面，而是鄉村功能提昇與文明進化後的「政經樞紐」。《史記‧五帝本紀》中有「一年而所居成聚，二年成邑，三年成都」的說法，可以印證這個現象。雖然這個提昇和進化，在超穩定結構的中國封建社會裡，是很緩慢的。

　　《吳越春秋》即有「築城以衛君，造郭（廓）以居民」之說，戰國城市大多以政治機能爲主要建設目的。在金觀濤和劉青峰的研究中發現：中國在數千年來都維持一個「宗法一體化結構」的封建社會，都、邑、鄙等各級城市全是宗法思維下的產物，一體化結構確立後，城市才進一步成爲國家政治、經濟、文化的樞紐。所以中國古代城市又被稱作郡縣城市，這種帶有強烈封建色彩的地方行政城市，不可能成爲資本主義因素結合的母體，戰國前期的市場是根據禮法設置的，漢唐時期市場的興廢亦由政府決定，唐以後某些因地方經濟興盛起來的城市，

---

[2] 劉易士‧孟福著，宋俊穎、倪文彥譯《歷史中的城市——起源、演變與展望》（台北：建築與文化，2000），頁 27-47。

很快就納入政權的管理網絡。所以中國古代城市的興衰,往往
取決於政治上的重要性,並不完全受經濟發展的支配[3]。這個看
法,較適用於上古城市的起源論,尤其「國都」部分。

我們必須爲此補充一些看法:中國歷代都城的建設和遷
移,首要考量是戰略性的,它必須同時涵蓋自然地理的防禦功
能、軍事活動的機動性、糧食的供給系統,以及對各支敵對勢
力的制衡效果。維護皇權(宗法)是因,也是果。帝都是宗法
的中心,分封各地的郡國王城,亦是宗法體系下的次中心。當
然,實際情況並不是那麼絕對,尤其漢唐以後,江南地區的經
濟活動日益蓬勃,比較純粹的商業化城市順勢而起;到了清代,
因應對中亞及歐陸各國的絲綢和茶葉貿易,西北邊關地區的商
業城埠也紛紛崛起。這些新興城市跟宗法思想談不上關係。除
非君王蓄意爲之,強行遷移或投注巨大的人力物力,否則沒有
一座城郡的建設是從零開始的。本身沒有生產力的城郡,必須
擁有一個賴以生存的農業經濟網絡(農業生產力足以影響一個
城郡的戰略價值),所以它必須是一個多重社會、軍事、政經功
能的隱形樞紐所在。築城,只是完成一個有形的統攝與治理任
務。

即便在嚴謹的宗法制度下,位居管理者角色的城市,對傳

---

[3] 金觀濤、劉青峰《興盛與危機——論中國封建社會的超穩定結構》(台
北:谷風,1987),頁 190-191。

統農村並不具備威脅性；兩者之間的差異主要在政治機能（位階）和戰略地位，以及人口規模大小，實質的生活層面沒有截然的差異。

從上述中西學者的研究與發現，可以得出以下三個重點：

（一）古代城鄉的差異主要在於政治位階、戰略價值、空間形式、社會機能、生產能力的不同（當然也包括人口戶數）；大體而言，古代城市是農鄉的「升級版」，而不是對立面。

（二）古代城市確實有其正面意義，不能粗略的視之為罪惡（或原罪）之深淵；沒有城市作為政經網絡的樞紐，封閉的農村文化就失去交流的平台，整個農業社會的文化機制便淪為一個日益僵化的內循環。

（三）城鄉對立的道德命題，未必適用於前現代的中國社會。

在歷史現實中，真正的造就中國城鄉對立態勢的，是西方工業文明入侵各大城市所帶來的現代性（modernity）衝擊，從上海、天津、廣州，甚至傳統思想勢力最頑強的北京，都難逃一劫[4]。這個衝擊，不僅改變了中國人的生活、思想，更顛倒了

---

[4] 現代性衝擊在文學上固然有不少的討論，但發生在現實生活層面的重大改變，更值得研究。王一川在《中國現代性體驗的發生》（北京：北京師大，2001）一書中，對此有非常具體且深入的敘述；此外，羅芙芸著，作舟譯的〈衛生與城市現代性：1900-1928 年的天津〉一文，對天津市的汙水處理系統和公共衛生的軟硬體改變，記述了一個古老城市的現代化

傳統城鄉的經濟結構。於是有學者透過現代性的角度，清楚、有效的劃出中國城市發展的分水嶺。

在〈步入現代性〉一文中，汪安民提出很有說服力的見解，他說：前工業時代的城市並不是主宰鄉村的中心，相反的，它們反而被廣闊無際的鄉村生活所包圍，並寄生在鄉村的農業勞動之上。古代城市的消失，對於農村來說，無關緊要。但是，工業主義催生出來的現代大都市，卻顛倒了主從地位，使鄉村成為社會的邊緣並且依附於都市。都市不僅成為權力和經濟的中心，而且還一步步吞噬鄉村的生活方式。鄉村反過來成為現代都市的鄉愁象徵。現代性在蠶食著前現代性。現代都市生活只有在跟農村生活的對照中，才顯示出獨特性。[5]

顯然這個前現代性與現代性的對照，才是構成城鄉對立的真正起點。

現代性不僅僅是視覺（建築風格）的改變，更是整個社會生活或組織形式的改變，而且是一種斷裂式的改變。西方工業資本主義的導入，改變了中國傳統產業結構、社會思想和生活方式；尤其城市人口的暴增，讓凝固千年的農村人口產生新的流動，大量的知識人口聚集在城市，去面對一個陌生的西方文明。於是，這個具有連貫性的文化邏輯（封建），被另一種陌生

過程。詳見《城市史研究（15-16輯）》（天津：天津社科，1998），頁150-179。
[5] 汪民安〈步入現代性〉，汪民安等編《現代性基本讀本（上）》（開封：河南大學，2005），頁10。

的、更強勢的文化邏輯（西方科學與民主制度）逐漸取代。

提出「斷裂論」（discontinuity）的安東尼‧吉登斯（Anthony Giddens）認為：在許多關鍵處，現代制度與前現代的文化及生活方式，都是不連續的。現代性影響著預先存在的社會實踐和行為模式[6]。一種因應現代性文化衝擊而產生的時空知覺，讓封建思想與社會體制出現無可挽回的裂變，這種具有反省特質的現代性思維，終結了古老中國的城郡和農村文化，將之歸入於前現代的社會型態，新中國的現代化城市則是另一個世界的開始。一如詹姆遜為現代性擬訂的第一個基本原則：「斷代無法避免」，而且「現代性」常常意味著確定一個日子並把它當作一個開始。[7]

「現代性」作分一個新的分水嶺，可將城鄉對立的思考方向，從原來的空間結構（城 v.s.鄉）移轉到時間結構（前現代城鄉 v.s.現代都市），甚至進一步瓦解城鄉對立的思維模式，重新調整都市文學創作或研究的焦點。它對「現代都市」和「都市詩」的界定，有決定性的影響。

---

[6] 安東尼‧吉登斯著，趙旭東、方文譯《現代性與自我認同》（北京：三聯書店，1998），頁 17。

[7] 王逢振主編《詹姆遜文集（第四卷）：現代性後現代性和全球化》（北京：中國人民大學，2004），頁 23

二、範疇的界定：現代都市和都市詩

　　法國建築學暨都市學大師柯比意（Le Corbusier, 1912-1965）在其經典名著《都市學》（*Urbanisme, 1925*）的前言裡，寫下深具震撼力的都市觀：「它是人類對於自然的操控。它是人類對抗自然的行為，一種庇護與勞動的人類組織機構。它是一種創作」[8]。當時他正針對一個三百萬人口的國際大都會——巴黎——提出一個都市發展計畫（即使從八十年後的今天看來，當時巴黎的規模仍然是世界級的），那是一個宏觀的都會關懷下的感受。在柯比意看來，現代性的感覺是一種幾何學的精神，一種構造與合成的精神。精準與秩序為其條件。當我們透過龐大工業及社會權力的世界觀察和領會，擺脫了紛亂與喧囂，察覺到條理和邏輯的渴望，就會運用我們的技術力量去創造出一個新的形式。（現代都市）新的時代就此展開，而新的事物也迅速到來。[9]

　　所以現代建築的首要任務，即是重估價值，確立煥然一新的現代都市精神面貌，同時跟前現代的城市建築與市區功能規劃，產生必要的區別。工業革命為現代社會帶來的不僅僅是抽象的資本主義現代性，還有更進步的工業技術，尤其一八五三年歐帝斯（Elish Graves Otis）成功發明並正式裝置第一部昇降

---

[8] 柯比意著，葉朝憲譯《都市學》（台北：田園城市，2002），頁 7。

[9] 《都市學》，頁 50-51。

梯，一八七二年索尼爾（Jules Saulnier）完成第一座現代鋼骨建築之後，現代都市的建築工程和風格完全改變，高樓層的現代建築（尤其摩天大樓）遂成為現代都市文明最恢宏的力量表現。

美國都市規劃與建築大師凱文・林區（Kevin Lynch, 1918-1984）在其影響深遠的經典《城市意象》（*The Image of the City,* 1960）中指出：「一座城市，無論景象多麼普通都可以給人帶來歡樂。城市如同建築，是一種空間的建構，只是尺度更巨大，需要用更長的時間過程去感受。城市設計可以說是一種時間的藝術。……城市不但是成千上萬不同階層、不同性格的人們在共同感知（或是享受）的事物，而且也是眾多建造者由於各種原因不斷建設改造的產物」[10]。由此可見，空間形式與規模乃現代都市的形下基礎，各種生活與政經機能是形而上的網絡，它聚集了全部的人類智慧和動力，不斷產生下一代的新興文化。[11]

對現代都市的範疇界定，除了上述較具體的比喻——「一

---

[10] 凱文・林區著，方益萍、何曉軍譯《城市意象》（北京：華夏，2001），頁 1。

[11] 當然，關於現代都市高度發展後衍生的生活、教育、交通、污染等社會問題，都市社會學家也有很多的討論，但那些現象和意見已經成為（台灣）都市文學讀者的某種共識或成見，不需要再花篇幅去引述。本文打算透過另一種正面觀點的都市論述來平衡常人的偏見。

種空間的建構」——之外，林區在晚期的另一部經典《城市形態》（*Good City Form*, 1981）中，再度確認都市是「一種空間現象」，而且「城市可以被看作是一個故事，一個反映人群關係的圖示、一個整體和分散並存的空間、一個物質作用的領域、一個相關決策的系列，或一個充滿矛盾的領域。」[12]

我們應該可以這麼界定：現代都市是一座兼具生產（知識與文化）與消費（能源與物資）的、高人口密度的空間，也是資本主義社會的政經文化樞紐，更是現代性精神最重要的一個表現舞台。簡單的說，討論任何都市議題，或者從任何角度來討論都市，都離不開這個有形和無形的「空間」定義。

都市詩的涵蓋面積理應與都市的範疇「對等」，大致而言，可區分為三大類型：

（一）所有發生在都市空間內的素材／主題，包括：社會制度、人格構成、人際關係、生活方式、消費文化、政治言行、文化表現、價值觀、思想、知識、慾望、建築、事件等等，都可以定義為「廣義的都市詩」。這個界定看起來過於龐大，但現代都市確確實實是現代文明的首要舞台，幾乎大部分的軀體與

---

[12] 凱文・林區著，林慶怡等譯《城市形態》（北京：華夏，2001），頁 26-27。林區認為都市的大多數地方都是令人不滿意的，或令人不舒服，他希望能夠從少數令人滿意的所在，找出美感的來源，加以創造出一個好的城市形態（頁 1）。這本專著中，他討論了當時三大主流理論的不足之處，並提出修正觀點。

思維活動都離不開它。我們唯有很無奈接受這個事實——都市文學是一個碩大無朋的文類。這種帶有明顯的都市詩創作意識，且以「都市現象」作為書寫對象的詩作，通常是以當前發生的事物為主，時間是平面的（不強調時間的累積），而且詩人跟都市之前保持一定的敘事距離（假想自己只是一名理性的觀察者，跟該都市沒有半點感情），以便進行尖銳的現象批判。吳望堯、羅門、李魁賢、陳克華、林燿德、侯吉諒、林彧、林群盛等人的大部分都市詩屬於這個類型。此外，還有一支規模較小的，隱匿起都市背景的無距離敘事，詩人在文本中不強調都市的存在，但都市卻隱匿在主體的思維活動和事件背後，甚至成為主要的因素和動力[13]。就其素材的類別而言，也符合「廣義的都市詩」。

　　（二）在書寫過程中特別強調「都市」的概念，熱衷於本質性的形上辯證，詩人們深信他們洞悉了一個放諸天下皆準的都市文明本質，再借助現象的表述來完成本質的思辨。這種以探討「都市本質」為題旨的都市詩，跟前一類型最大的差異在於它具有一個理念先行的，明顯的深層結構。也就是說，它是先鎖定某個形而上的本質（或議題），然後才去尋找或創造一個適用於此的現象／事件，來加以印證。最典型的例子是：羅門

---

[13] 這個新興的敘事類型，主要根據張漢良提倡的「互為主體與互為正文」理論修訂而來，詳細的討論參見本文第四節。

的〈都市之死〉（1961）、〈都市‧方形的存在〉（1983）、〈玻璃
大廈的異化〉（1986），林燿德〈文明幾何〉（1984）、〈都市一九
八四〉（1984）、〈一或零〉（1984）、〈終端機〉（1985），林群盛
〈那棟大廈啊……〉（1987）等等。由於詩人的創作意圖完全鎖
定在都市文明的本質，比較沒有界定上的灰色地帶，所以它屬
於「狹義的都市詩」。

　　（三）以某一特定都市為對象，刻劃其歷史、地誌、社會
脈動、文化特質、獨特的個人記憶的詩作。在台灣的例子，以
特定商圈（如西門町和東區）和特定街道（如武昌街、迪化街、
華西街、忠孝東路）的空間內容或生活經驗為題者居多。都市
詩文本中的台北都市形象，比較缺乏長時間、大規模的營構。
香港都市詩在這方面的創作成果，就十分豐碩，我們可以透過
眾多香港都市詩，讀到這一座都市的身世。最好的例子是：梁
秉鈞〈城寨風情〉、〈花布街〉、〈雀仔街〉，鍾國強〈海怡半島商
場〉（2001）、〈時代廣場〉（2001）等等。這類型詩作，可稱之
為「地誌化的都市詩」，其實它跟第一類型有交集之處（會有事
件或現象），只不過它特別強調四點：（a）具體的、實在的空間
感，（b）明確的都市位址，（c）獨特的都市性格（而不是放諸
天下皆準的本質），（d）詩人在都市生活中的情感和記憶的累
積，換言之，它比較擁有時間的縱深（第一類型）。

　　我們在界定都市詩的時候，不必刻意排除或否定城鄉對立
的創作意識，因為它是現代性衝擊下的產物，也是歷史的事實，

自然成爲都市詩創作的一個選項。

　　前現代的中國封建社會境況，理應可以貼切地套用在日據以前的台灣社會，但台灣社會直到日據時期才正式受到現代性的文明衝擊。最早期的都市主題創作出現在三〇年代，守愚先後發表了〈蕩盪中的一個農村〉(1930)、〈時代的巨輪〉(1930)、〈人力車夫的叫喊〉(1930)、〈長工歌〉(1931)、〈車夫〉(1931)、〈洗衣婦〉(1932)等多首都市詩，其後又有楊華〈女工悲曲〉(1932)、楊熾昌〈毀壞的城市〉(1936)、甫三（賴和）〈流離曲〉(1930)、夢湘〈鄉村微音集〉(1934-35) 雲萍生（楊雲萍）〈這是什麼聲？〉(1924)。這些詩作主要從社會現實主義的角度出發，批判工業文明（工廠）對勞力的剝奪和壓榨，以及農村生活的困境。接著就是中日戰爭和太平洋戰火的延燒，中斷了日據詩人對都市文明更深入的反省與控訴，都市詩的概念無法成形，當然也不會出現任何具有學術意義的都市（詩）論述。

　　台灣都市詩理論的草創，必須再等三十年。

　　借用存在主義的哲學方法，羅門在六〇年代初期草創了他的都市詩美學（詳後，在此不贅），他是第一個，也是唯一對現代都市進行長時間且大規模定義的詩人。但羅門沒有把前現代城鄉的創生、關係和發展納入討論的視野；他也沒有詳細去討論、定義大自然。主要的原因在於羅門深受存在主義美學的影響，打從一開始，現代文明即成爲他的全力批判的對象。因此羅門眼中的都市，直接等同於現代都市。這一點，必須先加以

確認。

當年台灣學界還沒有所謂的都市研究，相關的城市發展史書籍還沒有引進，在那個被存在主義統治的五〇、六〇年代台灣文壇，羅門能夠直擊現代都市的本質性問題，和各種資本主義社會現象，已經很不容易。不過，正因為羅門缺少了前現代城鄉發展的知識支援，以致他在分析現代都市人的生存境況和心理狀態時，難免出現偏差，也無法交代情境轉變的脈絡與契機，彷彿所有的都市境況和社會人格都在一夜之間創生。

羅門的思考邏輯和詩作都有很強烈的空間感，他太投入於空間性的敘述和辯證，無形中壓縮了他對時間的觀照。所以羅門的世界沒有一條具體的、歷時性的時間軸，每個議題剛暖身就很快跳入空間性論述當中。他把世界分成三個空間類型：第一自然（田園山水型的生存環境）、第二自然（都市型的生活環境）、第三自然（透過詩歌藝術來昇華的心靈世界）[14]，在他的理解裡，人類文明先進入接近田園山水型的「第一自然」，當科學家發明了電子與蒸氣機等高科技的物質文明，才開拓了都市型的「第二自然」。[15]

---

[14] 羅門〈打開我創作世界的五扇門〉，《羅門創作大系‧（卷八）羅門論文集》（台北：文史哲，1995），頁 7。關於這三個「自然」的問題討論，將在下一節處理。

[15] 《羅門創作大系‧（卷八）羅門論文集》，頁 7。羅門的「第一自然」是超級簡化處理後的文明階段，平面，一致性，沒有因為民族國家和歷史

　　經過二十餘年的反覆思考、修訂之後，羅門終於擺脫早期
對都市一面倒的負面批判[16]，在〈談都市與都市詩的精神意涵〉
（1994）一文中，他非常明確、中肯地界定了現代都市的意涵：
「『都市』顯然是借助科技力量，不斷發展物質文明，呈現不同
於『田園型』生活空間的另一個屬於『都市型』的特殊生活空
間：也是工商業的集居之地；甚至幾乎是經濟、政治、文化活
動的中心」[17]。由此可見，羅門的都市文明源自工業革命後的
科技力量，跟前述中西學者主張的資本主義現代性有相似之
處，但他未曾思考過前現代的城市的存在，他的世界觀是當下
的，他理解中的<u>文明世界</u>只有兩種生活空間：田園型生活空間
v.s.都市型生活空間。這兩種都是人類的生活空間，換言之，野

現實的差異，而有所不同。往往幾句話便交代過去，相較於他對都市文
明的陳述，有數十倍的篇幅差距。

[16] 羅門在〈現代人的悲劇精神與現代詩人〉（1963）一文中說：「混亂的
都市給人的安定精神帶來崩壞，給人的感官世界帶來破裂，給一切帶來
割離，人在孤寂得幾乎可得到絕對自由的暈眩中，『本能』是很容易被不
定的情緒觸動，而去把關在人內邊的被抑制的慾望——原始的人面獸放
出來。」（《羅門創作大系·（卷八）羅門論文集》，頁51）。類似的都市原
罪思維，統治著羅門大部分的都市論述和創作，只有在〈談都市與都市
詩的精神意涵〉（1994），都市才在羅門筆下獲得平反。限於篇幅，本文
無法詳述其中的轉變與發展，只討論羅門的都市論述中最成熟的都市界
定。

[17] 羅門〈談都市與都市詩的精神意涵〉，《羅門創作大系·（卷八）羅門論
文集》，頁93。

生動物居住的大自然不在思考範圍之內。從字義上來解釋的話，不管「田」（農耕的土地）或者「園」（人類擁有的林園），都是人爲的野外環境。

究竟羅門所謂的「田園」所指何物？

張漢良在較早的一篇詩選序文〈現代詩的田園模式〉（1976），對田園詩有十分精闢的界定：「無論中外，狹義的田園詩指田園的或鄉土的背景，以及謳歌自然的題材。但廣義的田園模式或原型不僅包括上述二者，還兼及詩人對生命的田園式觀照與靈視，諸如對故國家園、失落的童年，乃至文化傳統的鄉愁。田園模式的追求，其立足點是現世的，詩人的觀點是世故的。他身處被科技文明摧毀的現實社會，懷念被城市文化與成年生活取代的田園文化與童年生活，於是藉回憶與想像的交互作用，透過文字媒介在詩中再現一個田園式的往昔，其本質是反科學的，反歷史進化的」[18]。張漢良認知裡的田園，並不等同於大自然，比較傾向於有人居住的鄉野；其次，他指出詩人回顧田園的立足點（都市文明）和心態（緬懷過去或失去的時空），所謂田園根本就是現代詩人的失樂園。雖然我們無從判斷，羅門是否接收了張漢良的田園論述，直接以此爲據，略去對田園的討論，致力於都市型生活空間的內容建構。但很顯然的，羅門定義下的田園也不是大自然，而是跟張漢良相同的

---

[18] 張漢良編《八十年代詩選》（台北：濂美，1976），頁 2-3。

鄉野。所以，羅門的兩個自然，其實是現代文明裡的另一種城鄉對立[19]，並非文明空間與自然空間的對立。他對「第一自然」和「第二自然」的思考藍圖，就是兩種人為的「文明空間」，兩者在人口與建築密度方面存在著巨大落差，尤其工業化程度更是作為主要的區隔性指標。

羅門在這篇文論裡還提到城鄉的對照與互補，他承認現代都市有其正面功能，但它帶給現代人豐富的物質生活的同時，卻也帶來生活的緊張、焦慮、空虛、寂寞，甚至使人類成為被物質文明放逐的動物；田園雖然較寧靜、純樸、開闊，但缺乏多元的發展能力，生活享受和品質偏低，有賴都市的繁華來補救。不過兩者的負面現象，由於交通與資訊的便利，已相互調整，可望進入相輔相成的佳況。當然，都市一直在前衛的位置掌握著不斷改進人類物質生活的主導權。[20]

這個理解是客觀而且值得肯定的，城鄉的「相輔相成」，甚至相互融合成某些都市規劃建築師嚮往的「田園城市」（garden

---

[19] 林燿德在談論八〇年代台灣都市文學時，提到鄉土的對照性：「『都市』一詞在讀者的聯想中太容易被化約為與『鄉土』、『山林』對立的地域和某些特殊屬性人群的集聚市場……在此筆者賦予『都市』一詞一個非常武斷的定義——流動不居的變遷社會」（林燿德《重組的星空》（台北：業強，1991），頁 208）。雖然林燿德的都市定義談不上建設性，但前半段說法倒是一針見血。

[20] 《羅門創作大系・（卷八）羅門論文集》，頁 94。

city），應該是一個很好的趨勢。然而，它卻跟羅門之前三十年
的都市詩創作策略產生矛盾與衝突（或許可把這篇詩論視爲羅
門的一次理論修正？）。羅門詩裡的都市儼然一座「罪惡的鋼鐵
文明」，很難讀到正面的書寫[21]。此外，羅門的都市論述除了具
有強烈的空間感覺和空間意識之外，還結合了存在主義的思
考，所以它是一種反工業主義、反消費主義反建築主義的，充
滿道德批判力量的都市論述。不過，就都市定義而言，大致如
以上所述。

羅門對都市詩的界定相當簡單。他認爲現代人不斷從都市
文明中體驗到現代感、新穎性與前衛意識[22]，所寫的詩難免跟
都市有不同程度的關係，也實踐了現代詩的創作精神和思想形
態。凡是寫跟都市生活經驗有關的現代詩，都可以說是「廣義
的都市詩」[23]（但他並沒有明確定義出「狹義的都市詩」）。羅
門的都市詩創作傾向於本質性的描述與探索，他似乎覺得果真

---

[21] 相關討論，詳見：陳大爲〈台灣都市詩的發展歷程〉，收入陳大爲、鍾
怡雯編《20世紀台灣文學專題Ⅱ：創作類型與主題》（台北：萬卷樓，2006），
頁72-117。

[22] 羅門對都市文明的思考一向比較宏觀，未能深入較細微且生活化的部
分，尤其是八〇年代末期以降的消費文化和流行時尚，這方面的探討在羅
門的詩論中嚴重匱乏。我們有理由相信是跟年齡因素密切相關的消費心理
和習慣，侷限了年長的羅門對年輕族群的流行文化之了解，因而無法有效
掌握這個越來越趨向於消費主義的都市文明。

[23] 《羅門創作大系·（卷八）羅門論文集》，頁92。

有那麼一套放諸天下皆準的都市（詩）理論，故極少針對至特
定都市進行地誌學的觀察與書寫。

　　除了羅門，張漢良也對都市詩理論有一番耕耘，他特別強
調都市詩研究的主從關係:「許多都市文學批評言談往往閱讀的
是都市，不是詩，往往忽略了正文化過程。粗糙的摹擬論與衍
生論假設素材和作品間的對應與因果關係。根據這種假設，以
都市為素材或狀寫都市的詩皆可稱之為都市詩，都市詩是都市
的主題化或實體化」[24]。他所謂的「正文化過程」指的是詩人
在書寫都市詩之際，其實也在被都市反過來書寫，雙方互為主
體又互為正文，許多隱而不見的影響會浸透到文本裡去。他認
為這個書寫過程在意義上，跟過去很不一樣。

　　張漢良的都市詩界定能否成立還是個問題，如果用他相對
狹義（甚至狹窄）的觀點來省視台灣詩史，能稱為都市詩的作
品實在所剩無幾。倒是被他嫌棄的看法──「以都市為素材或
狀寫都市的詩皆可稱之為都市詩，都市詩是都市的主題化或實
體化」──比較能夠保留都市詩史的完整面貌。「主題化與實體
化」並沒有什麼不對。越狹義的界定（可能看起來也越專業、
越精確），越是掛一漏萬，從來沒有任何一個都市詩的定義可以
滿足所有的學者和讀者。都市本身是浮動的，有關它的界定也

---

[24] 張漢良〈都市詩言談──台灣的例子〉，收入孟樊編《當代台灣批評大
系（卷四）‧新詩批評》（台北：正中書局，1993），頁 158-159。

是。都市本身就是一個很繁複龐雜的空間，爲了讓都市詩能夠
與之對應，不妨從較寬廣的角度，來界定都市詩的基本範疇。

三、理論草創：羅門的「第三自然」

　　一九五六年，夏濟安創辦的《文學雜誌》開始爲台灣文壇
引進西方現代主義思潮，一九六〇年的《現代文學》進一步讓
現代主義成爲台灣文壇的新浪潮，徹底終結充滿教條和政治統
戰意味的反共文藝時期。六〇年代的台灣文壇，幾乎籠罩在沙
特的存在主義，以及尼采的悲劇精神的陰影底下，一九五四年
開始寫作的羅門當然也無法免疫。六〇時代的存在主義文化語
境，開啓了羅門的辨證思維，他陸續寫下〈現代人的悲劇精神
與現代詩人〉（1962）、〈談虛無〉（1964）、〈對「現代」兩個字
的判視〉（1968）、〈悲劇性的牆〉（1972）、〈人類存在的四大困
境〉（1973）等文論。這些稍嫌薄弱的理論基礎，卻逐漸成爲羅
門的核心思想，貫穿往後三十餘年的詩作和詩學理念。沙特和
尼采的形上思考，在很大的程度上主導了羅門對都市（人）的
觀察，並且跟他與生俱來的道德人格相互合成，漸漸形成一種
羅門式的存在主義哲學思考。羅門認爲存在永遠是一種悲劇，
現代人除了感到生存的壓力之外，他們對一切已缺乏永恆的信
心，此悲劇源自人類對生存的懷疑與默想，以及因死亡的威脅
而產生的惶恐、絕望和空漠感，而人類先後藉助神祇與形上思

維，企圖超越此一困境，但越是向內尋找，痛苦的程度越深。[25]

　　他覺得正是這種對生命理解上的空洞，令現代人墜入虛無之境，在悲劇的牆裡茫然地苟活著，無法像希臘人自苦難中超越。這個空洞，致使現代人崇拜物質、放縱於性慾，羅門強烈的道德批判意識，讓他對現代人的沉淪不拔感到無比的悲痛，他將這種沉淪於物慾的生存趨勢，視爲現代人的「悲劇」。

　　這套「存在主義式悲劇精神／美學理論」[26]，緊緊纏繞著羅門現代詩創作的四大主題：（一）人面對自我所引發的悲劇、（二）人面對都市文明與性所引發的悲劇性、（三）人面對戰爭所引發的悲劇性、（四）人面對死亡與永恆的存在所引發的悲劇精神[27]。羅門對都市詩的思考根據，即源自第一、第二個主題。

　　在台灣現代詩史上，從來沒有出現過如此嚴謹、形上的詩學思考。這套以都市詩爲思辨例證，進而探索現代都市人的生存境況的美學理論，在很大程度上可以視同都市詩理論。羅門所有的都市詩創作，皆可納入這個理論的思考網絡，並獲得充

---

[25] 《羅門創作大系‧（卷八）羅門論文集》，頁 49。

[26] 羅門的「存在主義式悲劇精神／美學理論」在拙作《存在的斷層掃瞄》的「第二章‧第一節：從本體到現象的存在思考」，有詳盡的論述與辯證，在此僅作扼要的敘述。（詳閱：陳大爲《存在的斷層掃瞄：羅門都市詩論》（台北：文史哲，1998），頁 9-29）

[27] 《羅門創作大系‧（卷八）羅門論文集》，頁 183-184。

分的印證。

　　站在一個充滿悲劇精神的現代虛無論的位置，羅門不僅僅
對現代都市文明展開充滿憂患意識的道德批判，他在「存在主
義式悲劇精神／美學理論」基礎上，進一步提出「第三自然」
的超越境界。這個「第三自然」美學理念的雛型，最早表現在
〈詩人創造人類存在的第三自然〉（1974）。再經過十餘年的創
作實驗與反覆思辨，他又發表了〈從我詩的「第三自然」螺旋
型架構看後現代情況〉（1988）、〈「第三自然螺旋架構」的創作
理念〉（1990-91）、〈從我「第三自然螺旋型架構」世界對後現
代的省思〉（1992）、〈談都市與都市詩的精神意涵〉（1994）等
文論。其中最完整、嚴謹的論述，莫過於經過長時間沉澱和修
訂的、空間感十足的〈「第三自然螺旋架構」的創作理念〉。這
些文章大多收錄在《羅門創作大系·（卷八）羅門論文集》
（1995），堪稱台灣都市詩理論發展史上的一座豐碑。

　　《羅門創作大系》的總序〈我的詩觀與創作歷程〉，清楚
記述了羅門經常不自覺表現出來的，宗教意味很濃厚的「詩人
宣言」：詩人是人類荒蕪與陰暗的內在世界的一位重要的救世
主，並成為人類精神文明的一股永恆的昇力，將世人從「機械
文明」與「極權專制」兩個鐵籠中解救出來，重新回歸大自然
原本的生命結構，重溫風與鳥的自由[28]。他認為詩人必須有正

---

[28]　《羅門創作大系·（卷八）羅門論文集》，頁 9-11。

義感、是非感、良知良能與人道精神,不但關心人類的苦難,還要解決人類精神與內心的貧窮,進而豐富、美化人類的生命與萬物[29]。這個極為罕見的道德使命感,讓羅門站在一個鳥瞰都市各種生存環節的高度,嚴厲地指證都市帶來的亂象與道德沉淪,再透過詩的力量來力挽狂瀾。這個承載著現代人生存悲劇的空間,即是他所謂的「第二自然」──是高科技的物質文明開拓出來的「都市型的生活環境」。

無論是對「第一自然」或「第二自然」的思考,羅門皆以人類現實生存狀態為本位,屬於形而下的現象論層次。他將「第一自然」定義為「接近田園山水型的生存環境」,它不等於大自然,那是一片經過人類耕作及建設的田園。他筆下的大自然有兩組重要的意象:(一)「山、水」──「視覺層次」的大自然象徵。當他在描敘都市建築對自然景觀的摧毀與吞噬,這組大自然符碼必然成為典型的受害者;(二)「風、鳥」──「感覺層次」的大自然精神內涵。風的逍遙與鳥的翱翔都是現代人奢望的自由,它兼具行動意義的形下自由,以及心靈舒解的形上自由。

羅門對「第一自然」的設計與了解,偏向西方田園詩,他以感性的「氣氛」為觀測點,不只片面抽離了牧人和農人,甚至根本沒有任何人生活在田園之中。所謂的生活,遂淪為視覺、

---

[29] 《羅門創作大系・(卷八)羅門論文集》,頁21。

聽覺與感覺的綜合印象：「人類生活在田園寧靜的氣氛裡，視覺、聽覺與感覺所接觸到的一切，均是那麼的平靜、和諧、安定與完整；寧靜的自然界好像潛伏著一種永恆與久遠的力量，支持住我們的靈魂；而在都市化逐漸擴展的現代，我們活在緊張的生活氣氛中，視覺、聽覺與感覺所接觸到的一切，都是那麼的不安、失調、動盪與破碎；於動亂的都市裡，好像潛伏著一種變幻與短暫的力量，隨時都可能將我們的精神推入迷亂的困境」[30]。可見「寧靜」的田園（幻境／構想）是爲了烘托出「不安」的都市（現況）。

羅門構想中的田園只是「理想中」的優質生存空間，完全漠視現代農民在農產品行銷過程中的被剝削處境，風災水禍的疾苦等因素，更別提前現代農業社會在政經體制下農奴般的劣境[31]。人文地理學大師段義孚在《逃避主義》（ *Escapism*, 1998 ）一書提出非常另類的見解：「世界各地的人們，即使當時沒有感受到，但最終也會感受到自然既是家園，也是墳墓；既是伊甸園，也是競技場；既如母親般的親切，也像魔鬼般的可怕；有時會對人類做出回應，有時又冷酷無情。從古到今，人類都對自然抱有可以理解的矛盾態度。文化就體現了這一點；文化彌

---

[30] 《羅門創作大系・（卷八）羅門論文集》，頁 81。

[31] 經過這些年的都市詩研究，我越來越確定：從未真正接觸深山莽林的都市人，對大自然總有一些不實際的幻想，往往成爲創作與論述文本中的烏托邦。

補了自然的不足，但是恐怕又會矯枉過正。自然界的主要不足在於它的不可依賴性以及殘暴性人類改造自然，創造出比自然界更力穩定的人造世界，並以此作為與自然相聯繫的紐帶為人們所熟知的人類改造自然的故事，可以被理解為是人類為逃避自然的威脅所做出的種種努力」[32]。人文地理學的觀察角度比都市詩人的批判更接近事實，大自然的可怕力量往往在都市人的夢幻之外，人與自然之間的關係確實很複雜。從前現代到現代都市的發展，或許可以看作人類文明的生存手段，我們在吞噬大自然的同時，也在防範它的吞噬。

　　很矛盾的，都市文明讓人類成功「逃避自然」之後，久居都市的人們卻渴望離開都市「逃向自然」。可是「人們逃往的自然必定已經被人化了，且被賦予人類的價值觀，因為這種自然是人類願望的目標所在，而不是人們被迫或不高興進入的一個模糊的『外在』世界。所以，可以這麼說，我們希望逃向的地方已經不再是自然，而是『自然』這一迷人的概念」[33]。羅門的「第一自然」也算是一種「迷人的概念」，而且它完全是從詩人的視覺與心靈角度來定位的，他深信那片一望無際的遼闊田園，能使都市人進入寧靜、和諧與含有形而上性的「天人合一」自然觀之心境；有利於建立「悠然見南山」、「山色有無中」的

---

[32] 段義孚著，周尚意、張春梅譯《逃避主義》（台北：立緒，2006），頁10。

[33] 《逃避主義》頁23。

空靈詩境。這些詩境的產生，卻又說明了陶淵明、王維在這個存在層面裡得不到心靈的滿足，必須借助詩歌的藝術力量，方能進入無限開展的「第三自然」內心境界。

根據羅門的理論架構，由李白、杜甫、陶潛、王維、里爾克、米羅、畢卡索、貝多芬、莫札特等人的靈視建構出來的「第三自然」，等同於上帝所設造的「天國」，是一個「永恆的世界」，它是詩人與藝術家超越了「第一自然」及「第二自然」的有限境界與障礙，將一切轉化到更純然、更理想、更完美的「存在之境」[34]。換言之，都市人必須透過這些具有昇華能力的「特定文本」，晉昇到「第三自然」的存在境界（另一個更迷人的概念）。昇華都市人的心靈，遂成為現代詩人的重大使命。羅門為「第三自然」的審美與昇華過程設計了一套「第三自然螺旋型架構」，更表示它透過不斷超越與昇華的創作生命，確已發現與重認到另一種永恆存在的形態，它是一種在瞬息萬變的存在環境中，不斷展現的、永遠不死的超越的存在。

羅門的「第三自然螺旋型架構」的創作理念對物體的審美結果，與海德格有相當程度的神似，理念與方法的傳承十分明顯，而且「第三自然」理念存在著不少問題[35]，但它卻能說明

---

[34] 《羅門創作大系・（卷八）羅門論文集》，頁 115。

[35] 有關「第三自然螺旋型架構」與海德格〈藝術作品的本源〉審美方法之比較，以及「第三自然」在理論架設上的缺憾，詳見：陳大為《存在的斷層掃瞄》「第二章・第二節：從『第一自然』到『第三自然』的存在

羅門面對陷入「非本真」（inauthentic）結構中的都市人，所觸發的強大道德動力與思考方向。他確實企圖透過詩的力量，將這些「常人」（das Man）從生存的困境中救出來。詩就是羅門的宗教，「第三自然」就是他的文化／藝術天堂，那是一個他努力營造的境界，用來超越這個黏滯的現實。

　　不管羅門投入多大的心血，最殘忍的事實是：「第三自然」根本無法落實，那是一個幻境／概念，所以羅門在創作時終究離不開「現代都市／第二自然」。羅門選擇與「第二自然」對話的其中一個重要因素，是他察覺到都市詩在傳達現代人生活實況時，具有明顯的透視力與剖解實力，尤其都市生活中不斷萌生的前衛資訊和流行思維。他企圖緊緊扣住「第二自然」這個對話者，以貫徹他的美學理念、道德批判、人道關懷、本體及現象論的存在思想。很弔詭的是：當他與「第二自然」對話之際，即主動又被動地加速了詩歌語言的節奏，被書寫對象的脈動牽著走，都市化的閱讀節奏加上都市題材本身的不安與沉淪，所達致的第一層閱讀感受，即是另一次感覺的沉淪，之後才轉變成反省。

　　這種被都市生活節奏「都市化」的文本，絕對不可能產生「第三自然」心靈境界的昇華作用。倒頭來，讀者仍然受困於「第二自然」當中，閱讀著本身的現身情態。

境界」後半部（頁 34-40）。

羅門詩作裡的現代都市，一直被當作罪惡的淵藪，一種原罪。他總是採取宏觀的大眾代言人視野，一副替天行道的姿態，來圍剿一無是處的現代都市文明。《羅門創作大系‧（卷二）都市詩》收錄的三十九首都市詩，全都屬於對「第二自然」的現象批評。從道德規範淪喪、物慾橫流的〈都市之死〉（1961）、〈進入週末的眼睛〉（1968）和〈咖啡廳〉（1976）、生活步調令人窒息的〈都市的旋律〉（1976）、充滿孤寂與疏離的〈傘〉（1983）、刻劃流行文化與消費心理的〈「麥當勞」午餐時間〉（1985）、強調深層異化的〈玻璃大廈的異化〉（1986）、控訴生存空間被擠壓的〈都市心電圖〉（1990），到敘說傳統文化流失的〈都市的變奏曲〉（1992），羅門賣力地展示都市文明的陰暗面，三十年如一日。以確保映入讀者眼簾的盡是：建築空間的壓迫、機械化的生活步驟、物質文明對人性的扭曲、自由意識的消失、空洞虛無的存在境況。

羅門更將都市人的心靈及道德的淪喪，縮寫、簡化成「物慾」和「性慾」兩個母題，並嚴厲指責都市的物質文明大量製造物慾與性慾，以致都市人被高度消費性的物質文明矇蔽了心靈，所有的思想行為都環繞在慾望的滿足上。在他筆下的「第二自然」儼然是形下悲劇與達達式虛無主義的最佳載體，實乃「惡」的化身。

當現代主義的先鋒羅門，在世紀末的台灣遭遇到後現代主義思潮的衝擊時，他立即啟動第三自然的詩學防衛機制。羅門

〈從我「第三自然螺旋型架構」世界對後現代的省思〉(1992)
一文,針對後現代思潮提出一個觀點(或防衛態勢):詩人與藝
術家擁有絕對的、永恆的超級性和統攝能力,不受時代思潮的
動搖。在文章的開頭,他首先指出:「一個具有涵蓋力與統化力
的詩人與藝術家,在任何階段的現實生存情況與境域、以及已
出現過的任何『主義』乃至古、今、中、外等時空範疇、乃至
『現代』之後的『後現代』的『後現代』……等不斷呈現的『新』
的『現代』,都只是納入他們不斷超越的自由創作心靈之熔化爐
中的各種『景象』與『材料』」[36]。經過一番不動如山的辯證,
最後,「我深信,後現代無論採取哪一種解構形式,也無法阻止
我站在『第三自然螺旋型世界』,以詩眼看到詩與藝術永遠在探
索人類心靈存在的另一個具有永恆性的世界」[37]。羅門一開始
便指出相對於詩人和藝術家所掌握、所追求的永恆性思想,後
現代不過是一段短暫的思潮。因此,他並沒有修訂或調整「第
三自然」去回應後現代,而是站在比後現代更崇高的「第三自
然螺旋型架構」,去俯視它,去說明兩者之間的共振點,甚至證
明後現代乃其思想之局部(景象與材料)。羅門的第三自然依舊
是存在主義式的,「第三自然螺旋型架構」更是堅守原來的海德
格模式[38],沒有任何改變。

---

[36] 《羅門創作大系·(卷八)羅門論文集》,頁 146。

[37] 《羅門創作大系·(卷八)羅門論文集》,頁 159。

[38] 相關討論,詳見:《存在的斷層掃瞄:羅門都市詩論》,頁 35-38。

　　事實上，長年沉浸於存在主義思想的羅門，並不了解後現代文化精神，他只抓住幾個簡單的概念（甚至只是關鍵詞）。林燿德在〈「羅門思想」與「後現代」〉裡明白指出：「當他面對蠭起的後現代（諸）主義時，則面對了資訊匱乏的問題；透過那些蹩腳的中譯以及一知半解的介紹，錯誤的資訊只會令人感到更為困惑，這是成為世界資訊終點站的台灣的莫大悲哀。因此，羅門批判後現代的基礎無疑會受到質疑」[39]。至於羅門的回應文章[40]，更進一步強化了本身的立場，展開全面性的反擊。最後，他把所有的理論辯證逐一統攝到都市文明的存在思考範疇，成為詩人靈視的觀照對象。換言之，「第三自然」理論才是永恆的、超越的、涵蓋一切的美學思想。

　　本文不打算在此討論羅門思想與後現代的問題，林燿德的論述已當清楚，無須贅言。不管怎麼說，羅門草創的——「第三自然螺旋型架構」——都市詩理論，確實展了若干存在主義哲學的思考深度，以及強大的道德批判力量，在台灣都市詩及理論的發展史上，是一座不容忽視的里程碑。

---

[39] 周偉民、唐玲玲編《羅門蓉子文學世界學術研討會論文集》（台北：文史哲，1994），頁 159。

[40] 羅門〈讀詩人林燿德的「羅門思想與後現代」〉，《羅門創作大系·（卷八）羅門論文集》，頁 163-176。

四、理論辨證：張漢良（和林燿德）的都市詩言談

　　相對於羅門苦苦經營「第三自然」，爲都市詩的理論基礎進行滔滔雄辯，更多的台灣詩人（尤其非都市地區）採取較簡易的城鄉對立策略，奮力抗拒、控訴都市文明對民風淳樸的田園農村所造成的破壞。透過自身的主觀感受，他們將台灣社會一分爲二：扮演著消費角色的「都市台灣」、扮演生產角色的「農村台灣」。這種意識的形成，讓部分以鄉土素材爲創作主軸的詩人，退守一方，將最後的、美好的世界簡化成田園。

　　一九八八年十二月，張漢良發表了一篇極爲重要的〈都市詩言談——台灣的例子〉，企圖爲台灣都市詩重新定位。他這篇論文企圖透過符號學的角度，來重新界定都市詩；其次，以田園詩的創作意識爲起點，討論台灣都市詩的發展。

　　張漢良在論文的第一節，作了兩個假設：（一）假設有一種「都市詩」，一種以主題或素材爲定位的文類存在[41]；（二）「假設都市詩的興起『果然』是基於城／鄉的對立，基於一浪漫主義式『田園詩（牧歌）』的形而上與心理欲求，正如它在西方被視爲肇始於浪漫主義運動（Versluys, 10-17）[42]，那麼我們逆歷

---

[41] 張漢良〈都市詩言談——台灣的例子〉，收入孟樊編《當代台灣批評大系（卷四）‧新詩批評》，頁 157。

[42] Versluys, Kristiaan. *The Poet in the City: Chapters in the Development of Urban Poetry in Europe and the United State (1800-1930).* Studiea in English

史之流漫步到台灣的『田園模式』大敘述，亦即我當時惘然的情形。根據這種城／鄉對立的神話，都市與鄉村也分別被賦予對立的道德含義，其結果便是『被譴責的都市』（"The City reviled,"Versluys, 15）」[43]。其實，這兩個假設都是多餘的。文學史所有文類的定義本來就有相當不確定性，然而在閱讀和書寫者的敘述當中，自然構成一種「約定俗成」的定義，煞有其事地質疑「一種被認可的都市詩」是否存在，如同去質疑「一種被認可的情詩、戰爭詩、山水詩、政治詩」的存在，因為它們全都缺乏具體的義界，或產品證明。（即使連「詩」也一樣是約定俗成的，誰能夠完滿的定義「詩」呢？）當論者將符合個人認知或定義的詩作納入都市詩的論述，它就被主觀的確立了。不會因為他人的否定而消失，各種言談在文學批評史上各擁地盤，沒有絕對的權威。其次，如果張漢良認真讀過三〇年代以降，以現代都市為主題的詩作，即可確認事實——都市詩的興起「果然」是基於城／鄉的對立，不需要這麼多的假設，既可直接進入正式的討論。

　　張漢良在論文中例舉了吳晟的〈路〉（1972）和余光中的〈控訴一枝煙囪〉（1986），來說明「這種化約式的城／鄉對立，使上述作品成為都市詩的邊緣變奏」[44]。

---

and Comparative Literature 4 Tubingen: Gunter Narr, 1987.
[43]　《當代台灣批評大系（卷四）‧新詩批評》，頁 166。
[44]　《當代台灣批評大系（卷四）‧新詩批評》，頁 171。

　　來自濁水溪的詩人吳晟站在田園的擁護者視角，埋怨都市文明（電器文明）的入侵，電線桿作為電器文明最根本的象徵，徹底改變了「吾鄉」原本自在、寧靜、閒散的生活。這種「未蒙其利，先受其害」的都市感受（或想像？），對生活步調被迫大幅調整的農村社會居民而言，自然特別強烈。家住高雄的余光中，則以工廠的煙囪為主要控訴對象，從反空氣污染的角度，指出工業化／都市化摧毀了南台灣原本潔淨的空氣品質。曾經久居香港十一年的余光中，好不容易住到空氣品質較佳的南台灣，自然不希望惡夢重臨。從「心理欲求」的角度而言，這種說法確實可以成立。至於論文中的第三個例子——沙穗的〈失業〉（1974）——也頗能夠說明「城鄉對立」如何在台灣變成「北南對立」。

　　張漢良進一步否定了這種城鄉對立模式：「類似的以廣泛的田園詩（牧歌pastoral）來化約詩史的流弊，威廉斯（Raymond Williams）在《鄉村與城市》（1973）中已有批駁。非但過去／現在、鄉／城的對立是假象，其中有太多中介現實，使它們的對立關係成為辯證；在歷史洪流中，這種化約式的對立更無法落實。」[45]

　　如果高屏詩人沙穗的詩作所代表的——「城鄉對立」在台

---

[45] 《當代台灣批評大系（卷四）・新詩批評》，頁161。

灣變成「北南對立」——命題可以成立[46]，那台灣社會便順理成章地分割成對立的南北，台灣的都市詩更應該針對南北詩人的「內在的心理欲求」、「外在的都會生活感受」兩大要項，類分為「南都市詩」和「北都市詩」。前者泛指「不住在大台北或北台灣都會地區的南部詩人（隱含東台灣等更偏遠地區）」，後者則是「住在北台灣都會區的北部詩人」。

張漢良以「南詩」為例，來推論都市詩的產生，必然產生巨大的論證偏差。他必須同時例舉並解釋「北詩」譴責都市文明的動機，因為「北詩」才是台灣都市詩的大宗；還有為何「近十年來，文學獎的頒贈可以大略顯示都市詩已成主導文類」[47]？是住在北部都市的評審群認同了這種「一味譴責」的書寫策略，還是另有原因？這些問題並沒有獲得深入的討論。

其次，張漢良針對「被譴責的都市」所展開的辯證，其理論根據完全來自詩歌理論和詩歌創作文本，完全沒有參考任何都市學理論，或台灣都市社會學的研究成果。我們必須知道：各時期詩人筆下的都市情境描述，不但只是一種間接的樣本，更可能被某些創作潮流或成見[48]，影響他的書寫角度，這種以

---

[46] 就我個人的主觀印象與認知來看，要是張漢良為「北南對立」展開大規模的辯證，相信一定可以確立這項論點。但本文沒有足夠的篇幅去替他完成其餘的舉證工作，所以只能暫時採納他的說法。

[47] 《當代台灣批評大系（卷四）‧新詩批評》，頁 166。

[48] 五〇年代末期以降的台灣都市詩，受到西方都市書寫的誤讀之影響，展

詩作來還原／推斷現實都市發展境況的，高度封閉的「假設性推論」，十分危險。既然他強調都市詩乃詩人與都市「互為主體與互為正文」的書寫，就不能光是以詩論詩。

張漢良花了很大的力氣，去論證台灣詩人的「田園心理」對「被譴責的都市（正文）」的產生，有其決定性的影響；最終目的便是企圖從「寫作動機／因素」的層面，為台灣都市「重新斷代」，進而完成「重新界定」的工作。簡而言之，張漢良認為：從前那些由外力——「田園心理」——激盪而生的「反都市詩」，不再視為都市詩[49]；唯有不假（田園的）外力，僅由都市體制內部的因素與都市人的「自覺」，相互催發、自然生成的，才是真正的「都市詩」。在此，都市（詩）人與都市完全進入「天人合一」的境界，他們才是都市文明「內生」的新世代，「都市便是他們的自然，他們的軀體」[50]。他們對語言信念的改變，

開一個以「罪惡的鋼鐵文明」為宗旨的都市創作風潮，歷久不衰。當詩人不經意描寫到市井一隅的時候（無意識的都市書寫），卻流露出較正面的都市生活感受。詳見：陳大為〈台灣都市詩的發展歷程〉，收入《20 世紀台灣文學專題 II：創作類型與主題》，頁 72-117。

[49] 本文比較認同汪安民的見解：「現代都市生活只有在跟農村生活的對照中，才顯示出獨特性」（參見本文第一節）。很多學者認為二元對立是一種粗糙的思維模式，宇宙萬物本來就是陰陽相生相剋，如磁場之兩極，電子之正負，生物之雌雄。現代都市生活，必須在對照中方能得到最全面的觀照與省思。

[50] 《當代台灣批評大系（卷四）‧新詩批評》，頁 176。

則是另一個關鍵。

　　雖然在張漢良的論述裡,「都市－都市人－都市詩」三者之間的關係空前緊密(完全沒有大自然或田園的插針之地,否則都市詩就不純了),都市定義是不可缺的,一如他對田園(詩)的精闢界定。但他在論文中卻用約定俗成的都市認知,直接進行論辯,絲毫不在意都市文明在共時性和歷時性演化下產生的體制差異。他所謂的都市,也是當下的。

　　「互爲主體與互爲正文」是〈都市詩言談〉提出的都市詩理論基礎,也是一個斷代憑藉。

　　張漢良借林彧的〈在鋼架的陰影下〉(1981)和羅門的〈玻璃大廈的異化〉(1987)來進行比較分析。他認爲:「台灣都市詩的大宗師羅門,始終懷抱著象徵主義『迷思』,相信文字的魔術與規模功能,詩作爲第三自然,中介了,化解了,也超越了互相衝突的第一自然(原始的大自然)與第二自然(都市);而新生代的都市詩人,如林彧、林燿德,卻往往對語言的功能質疑」[51]。唯有林彧在此詩察覺到都市與自然其實早已分不開,他忍不住用「雨後的菇群」來譬喻冒起的大樓,都市人眼中無法泯除的鋼筋大廈已然書寫入都市人的軀體,自然(「菇群」)、都市(「大樓」)、發動符號表意工程的軀體(林彧),三者已經混爲一體無從區分。張漢良認爲它們的互爲主體與互爲正文書

---

[51] 《當代台灣批評大系(卷四)‧新詩批評》,頁 165。

寫是他所謂的都市詩。對新生代都市詩人而言，都市便是他們
的自然，他們的軀體。[52]

　　張漢良在〈都市詩言談〉裡引述〈在鋼架的陰影下〉一詩，
作爲「互爲主體與互爲正文」的論證，是非常薄弱且危險的。
羅門的第三自然「理論」固然可視爲「仲介了第一自然與第二
自然的衝突」，但羅門的「詩作」卻是直指第二自然的現象和本
質；就「詩」論詩，羅門對都市文明的批評心態和層次，跟林
或沒有差異，只是表現手法和策略不同。張漢良舉的詩例乍看
之下，或許能夠突顯二者之不同；要是換上林或的〈分貝〉、〈夢
見一群人〉、〈單身日記〉、〈積木遊戲〉、〈名片〉等詩作，跟羅
門眾多詩作之間的差異，就小得可以不必討論。[53]

　　一個案的比較，本來就不足以支持一個理論，更何況他用
了一個強加詮釋的脆弱範例。

　　我們絕對可以從另一個相反的角度來詮釋〈在鋼架的陰影
下〉，以子之矛攻子之盾，使它成爲瓦解張漢良的「反證」。

　　〈在鋼架的陰影下〉主要刻劃都市人「在鋼架的陰影下」，
逐漸養成一種機械化的生活習慣和秩序，許多都市化、現代化
物件「取代」了大自然的「溪瀑」、「山光」、「花田」，都市文明

---

[52]　《當代台灣批評大系（卷四）·新詩批評》，頁 176。

[53]　林燿德認爲「林或在《夢要去旅行》（1984）和《單身日記》（1986）
中仍然有羅門『第二自然』中的人性／文明矛盾」（《重組的星空》，頁
213）。羅門和林或的都市詩，交集之處很多，甚至可以歸爲一類。

「篡奪」了大自然的角色和位置，重新調整人類的生活習性與
內容，正式進入另一個文明階段的統治和管理。此詩應當朝向
「篡奪」的方向進行詮釋，絕非張漢良所謂的──「已經不可
分」──「相融」狀態。至於「菰群＝大樓」的思辨邏輯，實
在太片面（即使擴大到全詩的意象使用也一樣），林彧清楚意識
到大自然的撤退，更強烈地感受到都市文明的統治，大自然並
沒有從地球上消失，只是撤出都市人的生活圈，都市建築只是
另一個生活環境，並不等於「他們的自然」。「菰群＝大樓」不
過是一個視覺性的比喻。都市與詩人可以歸納成一組，但還不
是一體，因爲書寫者（詩人）與被書寫者（都市）之間，尚處
於敵對狀態。

其次，林彧在此詩中處理都市和自然的角色關係，屬於寫
作技巧或策略層面的問題，類似的情況可以在二十年前找到例
子，譬如方旗在〈初抵紐約〉（1963），將雨夜裡的摩天大樓群
所構成的天際線，比譬成「紐約突起黑鯨觸天的脊梁」[54]，吞
沒了驅車如行舟的遊子心靈。蓉子在〈我們的城不再飛花〉
（1965）更把建築物（跟余光中一樣）加以「獸化／昆蟲化」：
「入夜，我們的城像一枚有毒的大蜘蛛／張開它閃漾的誘惑的
網子」[55]。

---

[54] 收入齊邦媛編《中國現代文學選集・詩》（台北：爾雅，2002 再版 [1983 初版]），頁 240。

[55] 收入馬悅然等編《二十世紀台灣詩選》（台北：麥田，2001），頁 202。

　　將都市「叢林化」或「獸化」本來就是行之有年的老技法，在技巧上大炒冷飯的〈在鋼架的陰影下〉根本不具備任何「斷代」的意義，它依舊籠罩在前驅詩人的鋼架陰影底下，只是張漢良沒能發現。

　　「互為主體與互為正文」理論，即使加上張漢良徵引的另一首林彧的〈B大樓〉（1982）和林群盛的〈那棟大廈啊……〉（1987），同樣無法完成斷代或界定的目的。儘管他強調：「詩人對凝視現象的自覺是都市正文化的開始，他們看到的現象是軀體的反射。林彧看到B大樓是自己的身體；更年輕的詩人林群盛看到大廈的律動是一顆巨大的心臟」[56]。「自覺／看到」是張漢良在這一節論述的主要據點，但林彧和林群盛果真是「自覺／看到」自己「軀體的反射」嗎？

　　林群盛的問題最容易解決，只要將此詩置入他的詩集《超時空時計資料節錄集Ⅰ：聖紀豎琴座奧義傳說》[57]，就可以清楚而準確地看到林群盛受到日本卡漫的深遠影響。日本卡漫的「超時空」、「異次元」科幻思維已滲透到林群盛創作的源點與核心，〈那棟大廈啊……〉真正的靈感並非「自覺／看到」自己「軀體的反射」，而是科幻化的思維習慣使然，它的出現正象徵著詩壇的文化代溝，對那些從不看日本卡漫的前輩詩人和學者

---

[56] 《當代台灣批評大系（卷四）・新詩批評》，頁178。
[57] 林群盛《超時空時計資料節錄集Ⅰ：聖絕豎琴座奧義傳說》（台北：1988，自印）

來說，閱讀後的衝擊一定很巨大。這些年輕讀者司空見慣的卡漫意象和思維，一旦出現在現代詩裡，往往會被前輩們誤認爲充滿創造性的壯舉（電腦知識和術語的應用，同樣達到驚爲天人的神效）。

〈那棟大廈啊……〉當然算得上是都市詩，可是當它還原到林群盛的創作系統裡去，便可判讀出他的創作動機應該不會是「自覺／看到」自己「軀體的反射」。這是非常清楚且明確的事實。沒有哪一首詩可以孤立起來閱讀，它自有一個隱而不匿的譜系，忽視此譜系的存在，就會產生類似張漢良的誤讀。

上述兩首詩應該視爲一種創意（別出心裁的創作設計）的表現，兩位詩人皆用最古老的擬人化手法融合寓言或科幻的視覺形象，將大樓「軀體化」，成爲一則都市寓言。如果「互爲主體與互爲正文」理論可以在這類型的詩例上成立，那羅門的每一首都市詩，以及更早以前的黃用、鍾鼎文等已故老詩人的都市詩都可以成立。其實張漢良也在化約林彧和林群盛（他對的二人詩作的論述極爲簡略），進行一場非常主觀的詮釋。可惜的是，學者的都市理論與詩人的實踐／實驗之間，明顯存在著思考層次的落差；換言之，理論比詩作來得前衛，張漢良的理論依據必須再等個十幾年[58]，他的〈都市詩言談〉才能找到更好

---

[58] 即使到了九〇年代中期，台灣都市詩的書寫者與被書寫者（都市）之間，物我的分際絕對清楚依舊保持高度的敵對姿態，詩人展現的是越來越激烈的批評策略。林燿德便是最好的範例。

的例證和思考方向。

　　第三個必須處理的問題是電腦對都市正文的書寫所產生的影響。

　　張漢良正逢台灣社會電腦化時代的開端，當他讀到青年詩人作品中出現了許多「積體電路」、「終端機」、「記憶體」的嶄新詞彙／意象，登時驚爲天人，讓他強烈感覺到：「語言／文字符碼有了新的規模方式，這種書寫方式的革命區分了林燿德和前行代的詩人」〈59〉。他在論文的最後提及林燿德的〈五〇年代〉（1986），並指出以「電腦寫作」的林燿德創作的「這首八〇年代都市詩人書寫的正文中看不出任何摹擬性的都市，既無換喻，亦無暗喻。然而都市科技書寫了他，正如他書寫了一個詩中隱而未見的都市。因此我們對素材作爲都市詩的界說，應該重新考察。」〈60〉

　　我們暫且不去爭論張漢良到底是否「過度詮釋」這首詩，但工具語言的變革所帶來的書寫和思考上的裂變，能否作爲都市詩重新界定的根據？這個問題不必急著回答，當時台灣的電腦時代才剛剛開始。再等十年過去，極大多數詩人都使用電腦之後，「積體電路」、「終端機」、「記憶體」等詞彙／意象登時變得老舊不堪，完全進入電腦世代的詩人反而不再去強調電腦的

59　《當代台灣批評大系（卷四）‧新詩批評》，頁 180。
60　《當代台灣批評大系（卷四）‧新詩批評》，頁 183。

存在，它只是一種工具，如此而已。

　　從後見之明的文學史位置，去回顧林群盛的〈沈默〉（1987），當時眾多前輩詩評家（兼電腦門外漢）見獵心喜的高論，立時顯得少見多怪，如今看起來更是可笑。至於詩作中各種字型變化和排版技術的運用，背後傳達的意念也經常被過度詮釋，有人斥之為文字遊戲（甚至當垃圾看待），也有人將之套進一堆自圓其說的前衛理論。誰具備真正的慧眼，則交給時間去證明。

　　張漢良在論文的最後，例舉了林燿德玩弄古老漢字缺筆遊戲的〈五〇年代〉（1986），他指出這種缺筆遊戲，是一次成功的語碼轉移，真正的重點是：「使他完成語碼轉移的竟是『生產工具』」[61]。這裡所謂「生產工具」是指寫詩用的電腦，他認為林燿德用電腦寫出種種缺筆的「孤獨」，表達了另一層深意，並強調「這首八〇年代都市詩人書寫的正文中看不出任何可摹擬性的都市，既無換喻，亦無暗喻然而都市科技書寫了他，正如他書寫了一個詩中隱而未見的都市」[62]。

　　從張漢良對這首詩的分析角度和結果，暴露了他對電腦技術和古代中國刻本的不了解。

　　一九八六年的電腦中文輸入，要達到缺筆的文字效果是很

---

[61]　《當代台灣批評大系（卷四）‧新詩批評》，頁 183。

[62]　《當代台灣批評大系（卷四）‧新詩批評》，頁 183。

吃力的,遠不及古人在書帖和刻本上的缺筆來得輕鬆。古時文人常為了避諱而缺筆,根本算不上哪門子的現代科技,更無力印證「這種書寫方式的革命區分了林燿德和前行代的詩人」[63]。嚴格說來,這首跟都市完全無關,更談不上「詩中隱而未見的都市」[64]。它只證明一件事——對電腦與國學十分外行的張漢良,強行套用符號學方法,為此詩進行一次完全失效的過度詮釋。

「互為主體與互為正文」理論尚處於不穩定狀況,算是一個雛型,非但例證不足,也往往過於主觀和偏狹。表面上這個理論似乎排除掉很多以素材為界的(偽)都市詩,其實他提出的論點太過抽象,任何素材的詩作都可以主觀地界定為都市詩,因為「都市裡的正文」是無邊無際的,任何人都可以隨意表述。雖然張漢良的「雙互理論」無法動搖「對素材作為都市詩的界說」,但他提出的「詩中隱而未見的都市」,卻是一項很重要的貢獻。

我們不妨將之修正為「隱匿的都市」——都市只是一個理所當然的舞台,或事件的天然背景,作者並沒有刻意強調它的存在和影響,但他的一切思維活動和肢體言行,皆產生於此(而不是田園或大自然),他與都市「互為主體與互為正文」。

---

[63] 《當代台灣批評大系(卷四)・新詩批評》,頁 180。
[64] 《當代台灣批評大系(卷四)・新詩批評》,頁 183。

　　這類型的詩作，跟前述的第一類型有相似之處，但第一類型都市詩比較有明顯的都市詩創作意圖，主題方向也較具有批判性。如今我們要討論的，是一種較不具批判意圖，敘述中卻充滿都市文化氣息，而且像是順手拈來的生活寫真。都市用各種社會機制和空間形式，支配著每個都市人的生活；都市人的各種生產和消費行為，反過來構成都市的消費文化現象，循環不息。寫作也一樣。詩人在書寫某些都市生活素材的時候，腦海裡啟動的，正是都市文明潛藏其中的各種日常元素，透過他的書寫（或揭露），在文本中投映／重建這一座都市的局部特徵，彼此都是對方的主體和正文。在二〇〇〇年之後發表的新銳詩人作品中，可以找到好些理想的例子，譬如鯨向海〈這封信請轉交妖怪〉（2000）和〈狐仙〉（2000）[65]。

　　大業未竟的張漢良，卻成功的為「後來者」提供了一個極具前瞻性的研發方向。林燿德便是這個籠罩在張漢良理論陰影底下的「後來者」。

　　林燿德曾經發表幾篇歌頌羅門都市詩的評論，即使在〈在文明的塔尖造塔——羅門都市主題初探〉（1986）一文，也看不出林燿德自己的都市觀。同年年底，發表的〈組織人的病歷表——論林彧有關白領階級生存情境的探索〉（1986），也是延伸

---

[65] 相關討論，詳見：陳大為〈台灣都市詩的發展歷程〉，收入《20 世紀台灣文學專題 II：創作類型與主題》，頁 111-112。

自評論羅門的批評視野，毫無新意。唯有他緊接在張漢良〈都市詩言談〉之後，先後發表的〈都市：文學變遷的新座標〉（1989）和〈八〇年代台灣都市文學〉（1990），才比較看得出他對都市詩的繼承和主張。

〈都市：文學變遷的新座標〉是一篇本末倒置的文論，此文不含注釋與標題共十一頁，區為分兩節，第一節竟然花了整整九頁來分析六首前行代的老式都市詩，真正核心部分卻只有兩頁，兼論小說，而且繼承了大量張漢良〈都市詩言談〉的見解。

林燿德簡略回顧了五〇～七〇年代台灣前行代詩人對都市主題的各種處理手法和觀念，從羅門的「第三自然」到鄉土時期的「城／鄉對立」，接著指出：「八〇年代後期，『都市文學』一辭開始以不確定的定義廣泛流行，顯然新一代作家對於視同正文的都市概念，以及正文中喜怒不定的都市表情產生了迥異於前輩的觀點。……他們對都市正文的詮釋進入了微觀的層次，從結構向解構、從貫時的時間思維挪移到並時的空間思維，甚至質疑了文學語言本身的可靠性與有效性」[66]。林燿德為了超越前驅學者的理論視野，特將討論範疇擴大到所有的文類，不過這些「現象」都沒有任何的舉證，除了針對張大春〈晨間新聞〉草草敘述了六行（這是林燿德一貫的論述作風）。

---

[66] 《重組的星空》，頁 198-199。

在文章的最後，他再次提出師承自張漢良的都市詩定義：
「『都市文學』就是都市正文的文學實踐，同時，創作活動本身
正形成都市的社會實踐，創作者同時兼具了都市正文的閱讀
者，以及正文中都市的創造者的雙重身分」[67]。這篇論文十分
單薄，卻正好暴露他的思想轉型。之所以花那麼大篇幅去陳述
一些不必再討論的「舊事物」，乃是因為他尚未離開自己原來的
評論方式，而且他未能準確掌握張漢良的觀念。比較有討論價
值的論述，是翌年發表在「八〇年代台灣文學研討會」的〈八
〇年代台灣都市文學〉。

林燿德在這篇論文的前半部，花了極大的力氣，先後「陳
述」了他的兩個思想根源：張漢良和羅門的都市詩理論。接著
他總算明確地指出：「在台灣新世代作家中，對二元對立模式觀
點的質疑和顛覆有許多不餘力的例子，他們質疑國家神話、質
疑媒體所仲介的資訊內容、質疑因襲苟且的文類模式，他們甚
至意圖顛覆語言本身。這正是『八〇年代台灣都市文學』的重
要特徵，我們可以說：『都市文學』是在舊價值體系崩潰下所形
成的解構潮流。……但是我們不可忽略的是，瓦解與重建是並
時發生的過程，換言之，嶄新的美學體驗和實踐正在當代急驟
成形。」[68]

---

[67] 《重組的星空》，頁 200。

[68] 《重組的星空》，頁 214-215。

破（羅）與立（張），繼承後者之大統，正是林燿德此刻著手的大事。

這篇論文比較難處理的原因，是林燿德在討論都市詩的時候，固然因襲了張漢良的許多核心觀點，一旦論及都市小說，他的都市文學概念就擺向於傅柯的「差異地帶」（heterotopias）。其實，更多時候他是在討論「都市正文」，而非「都市詩正文」，他總是將兩者混爲一談。

很明顯的，林燿德對都市正文的分析跟羅門不同，比較屬於張漢良的理論層次：「都市本身可以視爲一種正文，只是它並非以文字的符徵書寫下來，而是以各種具體的物象做爲書寫的單元，這些具象的符徵指向各時代變異、遷徙中的權力結構和生產方式，同時也透過空間模式延展，規模出當代人類的知覺形態和心靈結構」[69]。從「空間」經驗來界說都市已經不是什麼新鮮事，在國內，有詹宏志從「空間感覺」——人對周遭環境的認識程度、掌握能力、使用習慣、以及情感對應等——來區分城／鄉世界[70]。

至於國外學者撰述的都市空間理論，似乎不在林燿德的掌握當中，他在論文中對「時間」的思辨也未成形，我們看到的是他努力觀察出來的符號學式的見解，夾雜一些似懂非懂的後

---

[69] 《重組的星空》，頁 222。
[70] 詹宏志《城市人：城市空間的感覺、符號和解釋》（台北：麥田，1996 新版 [1989 初版]），頁 19。

現代名詞。所以，林燿德「一再強調的是，『都市文學』是一種
觀察的、經驗的角度，而非一種先驗的理論框架或者具體的文
學運動」[71]，最簡單的結論即是：「資訊的發展，進一步促成作
家對時空觀念的不同理解方式。」[72]

　　從上述兩篇論文看來，林燿德的都市詩／都市文學思考還
處於最初始的階段，所謂的「後現代都市美學」只研發到最雛
型的階段。往後五年間，他把注意轉移到其他方面，只有在一
篇很短的專欄文章裡，提到城鄉對立的關係「在近十幾年來產
生根本性的改變，都市和鄉村的關係不再是剝削者與被剝削者
之間的對抗，都市的體質已經滲透進鄉村。……這種改變不僅
反映在近十幾年的文學藝術主流上（所謂的「後現代」乎？）
也形成嶄新的消費形態和生活模式」[73]。儘管他對都市文明的
追蹤與觀察持續不斷，但始終沒有完成他的都市詩理論。

　　一個理論的草創或研發，必須考慮到遼闊的文學史發展實
況，當我們去「重新」定義都市詩的時候，不能僅以當前都市
詩的書寫特質，回過頭來規範或否定過去數十年的創作成果。
文學史上每一個文類（或主題）都經過階段性的發展，所以我
們的定義法則必須能夠觀照三〇年代以降，每個歷史時期的都

---

[71] 《重組的星空》，頁 232。

[72] 《重組的星空》，頁 236。

[73] 楊宗翰編《林燿德佚文選Ⅲ：黑鍵與白鍵》（台北：天行社，2001），
頁 124-125。

市詩創作與思考，因爲那都是歷代都市詩與都市「互相影響」下的產物。田園心理對「被譴責的都市（正文）」的產生，確實有其決定性的影響，這正好說明那個時代的思潮背景，不可略去不談。歷代詩人不同的「寫作動機／因素」，皆可以運用到都市詩理論的「斷代」論述上面，重新歸納出每一個階段的詩史價值。

五、結　論：充滿不確定性的展望

　　台灣都市詩發展進程中，太多詩人沉溺在普遍現象或本質化的書寫，很少詩人意識到都市性格與文化差異的問題，更缺乏在文本中建構特定都市的企圖心。

　　張漢良的〈都市詩言談〉以一九七〇到一九八八年的台北市爲例，說明「這個都市所呈現的獨特的符號關係，我們無法以西方十九世紀以後都市的一些喻詞化約，譬如商品化或商品拜物（fetishism of commodities）以及逛街（flaneurism）。逛街固然是一普遍都市符號，然而光怪陸離的台北街道，以及它作爲類比的（班雅明以爲是具體而微的）百貨公司走道，佔據兩者的遊蕩者及攤販……所呈現的混亂符號關係（galaxies of signifiers，而非structure of signifiers）（Lehan 1986, 112），絕非

班雅明所理解的波特萊爾筆下的巴黎。」[74]

　　羅門也有類似的想法，他經常強調作家要跳離自己真實存在的處境來創作，就像站在太陽底下想跳離自己的影子一樣困難[75]，所以他必須選擇台北人／都市人的現身情態為創作對象。他也明確表示：「唯有主動將自己的生命推向整個人類已面臨的現代世界，透過真實存在的感受，他的詩才可能確實地進入這一代人真實生命活動的傾向之中，而創造出具有現代精神與現代感的作品來」[76]。換言之，真實且深切地體驗現代都市生活，對寫都市詩的詩人而言更是一種必要。

　　儘管羅門在文本中建設的是一座「概念性」的文本都市，只有在少數幾首詩裡可以讀到台北的地標建築，其實他的都市文本「暗設」的位址大多是台北。長年久居台灣的羅門，其思維一直盤踞在台北盆地的生存境況，或揭示台北都市生活的黏滯感、或批評台北人在物慾及性慾的沉淪，甚至由此而延伸、擴大論述，解剖存在的虛無與悲劇。雖然本體論可以超出台北盆地之外，但現象論必須有所喻依。然而，有關台北的文化風情、族群的集體記憶等感性元素組構成的都市性格，卻不見蹤影。

　　從宏觀的「世界漢語詩歌」角度來重新審視，我們才得以

---

[74] 《當代台灣批評大系（卷四）·新詩批評》，頁162。
[75] 《羅門創作大系·（卷八）羅門論文集》，頁40。
[76] 《羅門創作大系·（卷八）羅門論文集》，頁73。

窺見台灣都市詩創作的另一個意義——「台北書寫」。台北市是台灣唯一稍具國際化都市規模的現代都市，它聚集了台灣詩壇大部分的優秀詩人和詩論家（羅門、張漢良、林燿德都是台北人），可它一直沒有產生真正的「台北都市詩」。現代漢語詩歌文本中的「台北圖象」遠不及「香港圖象」或「吉隆坡圖象」，我們的詩人花太多時間和精力去書寫「本質化的現代都市」，台灣的都市詩放諸亞洲列國，已經讀不出鮮明的差異性。當我們在「吉隆坡圖象」讀到多元種族社會中的華族文化思維，以及各世代詩人在文本中不斷累積的唐人街式的時空質感；當我們讀到帶有濃郁英殖民地色彩和高度國際化的「香港圖象」，詩人如何用平常心去呈現人與都市的互動，如何透過空間記憶去陳述，去形塑，一座有歸屬感的都市……。在台灣都市詩的創作成果中，我們只讀到一座面目模糊的台北，以及更多「放諸天下皆準」的台灣都市詩，不能不令人感到缺憾。

　　廿世紀的台灣都市詩，已經完成「都市的詩歌美學價值」之建構，各世代的台灣詩人在漫長的都市詩創作歲月裡，累積了非常可觀的都市詩寫作技巧和形式創意。就技巧層面而言，其他國家的中文都市詩皆難以望背（這是我在博士論文《亞洲中文現代詩的都市書寫（1980-1999）》中的研究心得）。

　　廿一世紀的台灣都市詩應該朝向「特定都市」的「都市文化特質」，從都市文明本質論的「都市詩的創作」，演化成建構「台北圖象」爲宗旨的「特定都市的詩創作」。即是本文所謂的

第三類型。

　　新一代的台灣詩人若持續邁向本質化的都市詩創作，立即面對都市自行隱匿化的危機。網路世紀完全改變了都市的生活內涵，連最起碼的生活節奏也跟過去不一樣。網路科技創造了嶄新的都市空間、嶄新的都市經濟和生活方式、思考、語言，以及跟以往截然不同的書寫科技（不再是玩缺筆遊戲的時代）。都市已成為生活的「自然背景」，根本不必去刻意強調它的存在，我們就是都市的一部分。張漢良當年提倡的「互為主體與互為正文」，幾乎成為一則完全落實的預言。當前我們讀到的任何一首百無聊賴喃喃自語，或微言大義深思熟慮的現代詩，皆是廿一世紀都市文化語境下的產物，因為它們都是最真實的都市人生存情態。

原版刊載：第八屆「文學與美學」國際學術研討會 2003. 10

革新增訂版刊載：《台灣詩學學刊》第 8 期，2006. 11

修訂：2009. 07

鼎立的態勢

——當代馬華文學的三大板塊

前　言、以西馬為中心的論述與想像

　　馬來西亞可區分為西馬（馬來半島）和東馬（婆羅洲北半邊），西馬的面積比較小但歷經六百年的開發，人口還比東馬來得稠密。文學人口也一樣，所以西馬文學在近百年來都堂而皇之地代表馬華現代文學的全貌。雖然西馬的重要副刊和雜誌，在近十年來曾經製作幾次砂勝（拉）越文學專輯，向西馬讀者介紹這塊陌生的土地，但東馬文學依舊沒有受到該有的重視，彷彿它只是「西馬的一部分」，不必太過強調它的存在。西馬詩人傅承得的說法最赤裸：「東西馬的關係也充滿掃在地毯下的問題：例如西馬中心和東馬邊陲論，當西馬人提起『馬來西亞』，絕大多數是指西馬（甚至只指吉隆坡）；西馬作家談馬華文學，大多時候只局限在馬來半島。因此，東馬對許多西馬人來說，似乎是個不

同的國度，東馬很陌生，也許還很落後。東馬人提起西馬呢？他們稱西馬人為『西馬仔』，西馬有雙峰塔和東西南北大道，高速公路上竟還有天橋餐廳。但是東馬呢？修建一條州際公路講了幾十年還在講。所以，他們說東、西馬之間有一條牛，牛頭在東馬吃草，牛屁股在西馬，任由西馬人擠奶」[1]。話雖草莽，卻道盡事實。

　　這個現象不僅止於西馬作家的心態，同樣存在於眾多評論家的潛意識裡。

　　九〇年代末期，學術研究氣氛一向低迷的馬華文壇，先後舉辦了三場重要的學術研討會：馬華文學國際學術研討會（留台聯總主辦，1997）、第一屆馬華文學國際學術研討會（馬華作協與馬大中文系聯辦，1997）、九九馬華文學國際學術研討會（南方學院主辦，1999），共發表七十四篇論文，其中專論東馬文學的只有兩篇[2]，一篇討論梁放（林建國〈有關婆羅洲森林的兩種說

---

[1] 身為吉隆坡大將書行社長，傳承得對東馬文壇卻有一股令人敬重的熱忱，他跟田思、沈慶旺、石問亭等東馬作家合作推出一系列婆羅洲的文學作品。這篇名為〈西馬是馬，東馬也是馬〉的文章，是他在二〇〇三年十二月的「婆羅洲書系」推介禮暨「隔閡與溝通」座談會上的開場白。摘錄自：《大將書行（網頁）‧文章閱讀》（http://www.mentor.com.my/bestessay/borneo.htm）（2003/12/04）。

[2] 王潤華〈自我放逐熱帶雨林以後：冰谷《沙巴傳奇》解讀〉討論的是西馬作家冰谷的《沙巴傳奇》（新山：彩虹，1998），但從西馬詩人的身分及出版地點，乃至他觀照沙巴的視角，都不能把此書定位在東馬文學。

法〉,1997),一篇討論吳岸(陳月桂〈吳岸的哲理詩〉,1997)。在同一場留台聯總主辦的研討會上,西馬文壇最重要的評論家張光達在〈試論九十年代前期馬華詩歌風貌〉的宏觀敘述底下,完整地討論了當代西馬及旅台詩人的創作概況,卻忽略了整個東馬詩壇;西馬中生代詩人葉嘯的〈論馬華現代詩的發展〉跨越了五十年的馬華詩史脈絡,也同樣忘掉了東馬。其他與會學者有關馬華文學宏觀論述的文章,東馬作家的討論只佔很低的比例。

於是東馬消失了,偌大的婆羅洲從馬華文學(論述)的版圖上悄然陸沉,只剩下三幾個重要作家的名字,進入以西馬為中心的馬華論述。

一、遺跡重現:拒絕陸沉的婆羅洲

隸屬於馬來西亞聯邦的砂拉越和沙巴州,面積十分遼闊,但人口相對稀少。西馬文人習慣將 Sarawak 譯成「砂勝越」,當地文人則慣稱「砂拉越」,從砂州的慣稱便可辨別發言者的身分。對極大部分西馬人民而言,東馬只是一個地理名詞,也許他們活了一輩子也沒有機會讀到東馬的報紙,甚至連有哪些報紙都不曉得。一個南中國海,便把馬來西亞分割成以西馬為中心的兩個地理世界,各種資源的分配都很不公平,其中最明顯的差異是:大部分國立大學都在西馬。多年來兩地的文學活動大多是各自為政,為了振興/維持東馬文壇的創作力,砂華文壇唯有自力救

濟，先後由砂拉越星座詩社、詩巫中華文藝社、砂拉越華人作家
協會等文藝社團，設立了常年文學獎和東馬文學獎，以及一系列
的文學出版和朗誦活動。從創作活力和成果看來，砂拉越文壇幾
乎等同於東馬文壇，沙巴一向闇啞無聲，或許是當地文人稀少又
沒有凝聚力，所以在諸多以東馬為名的活動紀錄和文獻裡，沙巴
永遠是一個安靜的缺席者。經過砂華文壇數十年的努力，以西馬
中心的現象仍然沒有平衡過來。

　　一九九三年，東馬作家阿沙曼在〈璀璨年代文學的滄桑——
拉讓文學活動的回顧與探討〉一文中明言：「許多人或有同感，
此即大馬文壇一提及馬華文學，往往即將西馬的文學，及其歷史
背景、目前的發展情況，當成整個馬華文學」[3]。這種以偏蓋全
的不平現象，讓東馬作家感觸很深。九年後，東馬詩人田思在西
馬兩大副刊之一的《星洲日報・文藝春秋》，談到近年東馬與西
馬文壇的互動：「在政、經、文化等方面，東馬砂沙兩州被『邊
緣化』是我們長期以來深覺不平的感受。在文學方面，由於文藝
作者的互動與交流，近年來的情況有所改善。……過去，我們常
抱怨西馬作者在大談『馬華文學』時忽略了東馬文學，今後這種
抱怨應可以減少，反而需要更多的反躬自省：我們是否已寫出質
量俱佳、引人注目的作品？我們是否有更多可與西馬較優秀作家

---

[3] 阿沙曼〈璀璨年代文學的滄桑——拉讓文學活動的回顧與探討〉，收入陳
大為、鍾怡雯、胡金倫編《馬華文學讀本II：赤道回聲》（台北：萬卷樓，
2004），頁645。

相頡頏的作者群？」[4]。在田思的潛意識裡，或許存在「東馬vs.西馬」的對抗意識，但難能可貴的是他同時反省了東馬文壇的創作實力，並進一步針對如何創作具有婆羅洲地方色彩的作品提出他的看法──書寫婆羅洲。

首先，他對馬華旅台小說家張貴興那幾部以婆羅洲爲背景的雨林小說，提出諸多負面的批評，尤其《群象》對婆羅洲真實面貌與（砂共）歷史事實的扭曲，遠遠超出他（們）可以忍受的程度。田思明白指出：「由外國人來書寫婆羅洲，讀起來總有一種『隔了一層』的感覺（李永平與張貴興出身砂州，長期定居台灣）。真正的婆羅洲書寫，恐怕還是要靠我們這些『生於斯、長於斯、居於斯』，願意把這裡當作我們的家鄉，對這塊土地傾注了無限熱愛，對它的將來滿懷希望和憧憬的婆羅洲子民來進行。文學允許想像和虛構，但太離譜的編造與扭曲，或穿鑿附會，肯定不會產生愉快而永久的閱讀效果。我們要求的是在真實基礎上的藝術加工。」[5]

從史料的整理和典藏，到各文類作品的創作，田思提出的「書寫婆羅洲」確實是一項令人驚喜的全方位工程。二〇〇三年十二月，他們在西馬出版了第一批著作：楊藝雄《獵釣婆羅洲》

---

[4] 沈慶旺整理〈雨林文學的迴響──1970-2003年砂華文學初探〉，收入《赤道回聲》，頁634。

[5] 《赤道回聲》，頁635。田思〈書寫婆羅洲〉全文收入於桑木等編《書寫婆羅洲》（詩巫：詩巫中華文藝社，2003），頁6-13。

（2003）、田思《沙貝的迴響》（2003）、薛嘉元《貓城貓語》（2003）；
更令人振奮的是，在這三本書後面還有許多進行中的半成品，包
括幾部長篇小說。相信這項工程在田思、沈慶旺、石問亭與傅承
得的推動下，會有令人側目的成果。況且它已經建立了最起碼的
研究基礎：田農曾經以砂華為論述主體，寫下《砂華文學史初稿》
（1995）；房漢佳接連推出非常重要的砂州史學著作：《砂拉越
拉讓江流域發展史》（1996）和《砂拉越巴南河流域發展史》
（2001）；年輕一輩的學者黃妃，則交出一部《反殖時期的砂華
文學》（2002）。

　　東馬作家選擇雨林為婆羅洲文學的地標，隱然有一種重建
（或重奪）「雨林發言權」的意圖。赤道雨林本來就是他們最大
的創作資源，也是最宏偉、迫切的主題。近幾年來卻被離鄉背鄉
（甚至入籍台灣）的張貴興，在台灣用一套獨家的──卻被他們
認為是失真的──婆羅洲圖象建構了一系列以雨林為舞台的家
族史傳奇小說。挾著台灣出版市場的強大優勢，以及各種年度十
大好書和中國時報文學獎的肯定，張貴興儼然成為婆羅洲雨林真
正的代言人，在馬華文學版圖上矗立他的雨林王國，完全掩蓋掉
雨林真正的擁有者──東馬作家──的鋒芒。

　　現實世界中不斷消失的雨林，在文學世界裡不斷擴展它的面
積，馬華文學在台灣被「雨林化」的現象一如鍾怡雯在〈憂鬱的
浮雕：論當代馬華散文的雨林書寫〉的分析：「對非馬來西亞讀
者而言，『雨林』或許是他們對馬華文學最粗淺而直接的印象。

至少在台灣，論者慣以『雨林』概括馬華文學的特質。雨林，或熱帶雨林，是一種簡便／簡單的方式，用以凸顯馬華文學的特徵，也彰顯讀者對馬華文學的想像和慾望。雨林印象大多來自馬華小說，其中又以張貴興的小說爲大宗」[6]。這個現象看在東馬作家眼裡，卻是憂心忡忡。不過，東馬作家的重建／重奪發言權的意圖，不能解讀成失寵心態的反撲，因爲他們最大的憂慮來自張貴興的「失真」。所以「書寫（或重寫）婆羅洲」應該視爲一項正本清源的行動，從東馬文壇的角度而言，它確實有其正當性和迫切性。

雨林的還原或失真，是一個見仁見智的問題，但閱讀／書寫婆羅洲應該有許多不同的層次或角度。

旅台學者兼小說家黃錦樹在〈從個人的體驗到黑暗之心——論張貴興的雨林三部曲及大馬華人的自我理解〉對張貴興的解讀與評價跟田思完全不同，真正吸引他的並非雨林的視覺形象，而是張貴興那「高度美學化的文字技術」[7]，以及強烈而深邃的寫作意圖。黃錦樹認爲張貴興「到了《群象》，『以文字爲群象』；雨林的情慾化及文言化更形擴大，從侷限於雨林邊緣的《賽蓮之歌》更往內延伸，舞台加大，嘗試駕馭一個更大的對象：砂共與

---

[6] 鍾怡雯〈憂鬱的浮雕：論當代馬華散文的雨林書寫〉，收入《赤道回聲》，頁299。

[7] 黃錦樹〈從個人的體驗到黑暗之心——論張貴興的雨林三部曲及大馬華人的自我理解〉，收入《赤道回聲》，頁481。

中國性;《猴杯》體驗的規模更大,調動的資源更多,視域也更大,深入到達雅克人的長屋裡去,召喚華人移民史、華人與原住民族群恩仇愛恨,更多的要素與材料」[8]。旅台觀點盤踞在美學層次,東馬視角抓緊歷史與現實的考察,正好構成抽象與具象的辯證,對文學創作或評論而言,都是一件好事。從壯大馬華文學的立場來看,我們當然期待出現一批「東馬製造」的,足以跟張貴興分庭抗禮的雨林小說。

　　除了揭竿起義式的創作意圖,「書寫婆羅洲」的工程必須包含文學評論,唯有嚴謹、深入的評論才能發掘出隱藏在文本裡的書寫策略和主體思維活動,否則東馬作家在雨林中埋頭創作,到頭來卻埋沒在林蔭之中,豈不可惜?但是東馬本身的評論家和學者一向不足,偏偏在西馬評論家眼中,好像只有巍萌、吳岸、田思、梁放,外加邱眉、李笙、楊錦揚、沈慶旺、雨田等幾個名字,他們也從來沒有進行過宏觀的東馬文學研究或評論。結果,竟然是台灣學者李瑞騰比極大部分馬華評論者更關心、更了解東馬文學[9]。

　　東馬文學除了急於創造自己的特色之外,必須結合東馬華人社團和西馬各所中文系及旅台的學術力量,定期舉辦一系列以東馬文學為主題的學術研討會(像二〇〇〇年六月由砂拉越華族文

---

[8] 《赤道回聲》,頁488。

[9] 李瑞騰長期關注東南亞華文文學,近幾年他透過台灣國科會的研究計畫去東馬實地考察,蒐集了可觀的資料,並先後發表了三篇砂華文學的論文。

化協會在詩巫舉辦的「巍萌‧黑岩小說研討會」），有系統地進行宏觀與微觀的論述，找出東馬文學的核心價值，並結集成冊使之流通，才能讓陸沉多年的婆羅洲，恢復應有的面積。

二、異域的孤軍：旅台的想像與真相

形同一支駐外兵團的「旅台文學」[10]，是一支讓西馬文壇產生敵意的隊伍。

旅台文學的人數不多，同時期活躍在台、馬文壇上的名字，通常保持在個位數。根據旅台作家在台灣文壇的活躍時間來劃分，第一代的旅台作家主要有陳慧樺（陳鵬翔）、王潤華、淡瑩、林綠、溫瑞安、方娥真等六位詩人（前四人兼具學者身分），他們主要以結社方式來發聲，先後組織了星座詩社、大地詩社、神州詩社，這三個包含台灣本地作家在內的詩社，連結在一起，便代表了六○及七○年代旅台文學的活動形態，是旅台新詩的第一個黃金時期。第二代是商晚筠、李永平[11]、潘雨桐[12]、張貴興等

---

[10] 本文沿用「旅台」一詞，只為了涵蓋所有在台求學、就業、定居的寫作人口（雖然主要的作家和學者都定居台灣），就本人而言，搆不上任何潛意識裡的「流浪」、「飄移」、「離散」。它只是一個「權稱」。「兵團」一詞，倒是很符合旅台作家的戰鬥性格。以西馬中心的觀點來看，他們算是「駐外」，所以經常聽到「回歸」與否的討論。

[11] 李永平雖為外文系學者，但從不涉及馬華文學評論。

四人，從一九七七年到一九八七年為止，十年間，四人共奪下十
三項台灣小說大獎，其中十二項為兩大報小說獎，不但創造了旅
台小說的第一個黃金時期，也開拓了未來旅台作家進軍台灣文壇
的主要路徑。第三代可以從一九八九年林幸謙[13]奪得中國時報散
文獎開始，翌年黃錦樹也開始以小說為主的得獎歷程，接著是陳
大為的詩和鍾怡雯的散文加入文學獎的征伐行列，全面掀開旅台
文學在三大文類的得獎時期。十年下來，四人共贏得十一次兩大
報文學獎，以及數十種其他公開性文學獎。第三代的旅台作家共
有七人，除了創作與學術雙管齊下的林幸謙、黃錦樹、鍾怡雯、
陳大為、辛金順，還有在大眾文學創作方面表現非常傑出的的歐
陽林和張草[14]。進入二〇〇〇年以後，李永平和張貴興再度展現

---

[12] 潘雨桐身為農產業學者，也從不參與馬華文學的評論。他的創作生涯比
較晚成，所以便根據一九八一年他首次在台得獎的時間點，歸在這一代。

[13] 當年十月二日，時報文學獎公佈的時候，林幸謙剛從馬大中文系畢業來
台就讀政大中文所碩士班，畢業後到香港攻讀博士，目前雖居住在香港，
但大半的作品仍在台灣出版。

[14] 曾經出版過十餘本大眾文學讀物的歐陽林，他的「醫生文學」作品受到
廣大讀者的歡迎，最具市場價值。以科幻小說為主的張草（一九七二年生
於沙巴），目前的代表作為「滅亡三部曲」──《北京滅亡》（獲得獎金一
百萬台幣的皇冠大眾小說獎首獎）、《諸神滅亡》、《明日滅亡》，以外還有《夜
涼如水》和「雲空行系列」八本，共十二部長篇小說。他們的馬華身分並
不明顯，經常遺漏在台灣文壇的「旅台作家」印象之外，也沒有受到評論
的關注。

他們旺盛的創作力，一連拿下多項十大好書獎，壯大了旅台文學在台灣文壇的聲勢。原本孤軍作戰的旅台作家，累積到九〇年代不但完成較大的陣容[15]，而且其中多人兼具學者身分，再加上在大學任教的評論家張錦忠和林建國，旅台「學者」[16]人數達到空前的高峰──八人（作家九人）。學者比例的提高，讓九〇年代的旅台文學同時以創作和評論的雙重優勢，正面衝擊沉寂多時的馬華文壇。

嚴格來說，旅台文學跟馬華本地文學只有血緣上的關係，極大部分的旅台作家都是「台灣製造」[17]。他們的創作源泉，或來自中國古典文哲經典，或來自在台灣出版的中、台、港現代文學著作，以及各種翻譯書籍。所以從另一個角度而言，馬華旅台文學也算是台灣現代文學的一環，儘管他們關注的題材、文學視

---

[15] 真正活躍在九〇年代後期台灣文壇的名單，必須扣除停筆多年的林綠、回馬發展的潘雨桐、英年早逝的商晚筠、轉戰香港的溫瑞安、方娥真、林幸謙三人、入籍並長年定居新加坡的王潤華、淡瑩二人（雖然王潤華二〇〇二年回台任教，不過應該算是新華旅台作家）。

[16] 本文所謂「旅台學者」僅指從事馬華文學評論的旅台學者，不含李有成等多位從事歐美文學研究、亞太政經研究、中國古典文哲研究的馬華「在台」學者，以及碩、博士班研究生。

[17] 其實馬華本地比較出色的六、七字輩作家，大都是「台灣技巧轉移，馬華改裝生產」，他們同樣透過台灣出版品，吸收主要的文學養分。尤其台灣現代詩作品對馬華年輕詩人的影響，一直以來都非常明顯。

野、發聲的姿態有異於一般台灣作家[18]。

　　從九○年代初期的馬來西亞客聯小說首獎、鄉青小說首獎、花蹤新詩首獎、新加坡金獅獎散文首獎等重要獎項開始，第三代旅台作家逐步展開在台、港、新、馬各地的文學獎攻城掠地，西馬兩大副刊曾經多次策劃旅台文學專輯，大篇幅刊載他們的得獎作品。雖然人數極少，但旅台作家的創作量一向都很龐沛，動輒七八十行的詩、四五千字的散文，和逾萬字的小說，長篇大幅地刊載在兩大副刊上，一度造成西馬副刊淪陷的假象。尤其在九○年代下半葉，旅台作家參與花蹤文學獎推薦獎的角逐，集中火力輪流攻佔《星洲日報・文藝春秋》的版面，無形中造成其他本土稿件的排擠效應；加上國內外頻頻得獎的聲勢[19]，旅台作家（或被稱為「留台生」）在許多馬華本地作家眼中，漸漸成為一群侵略者。此外，黃錦樹自一九九二年在《星洲日報・星雲》發表〈馬華文學「經典缺席」〉之後，陸續發表多篇針對中國性與馬華性、馬華現實主義文學的學術評論，以及對馬華文壇諸多現象的深度

[18] 唯有散文創作能夠卸除馬華色彩，新詩次之，小說的馬華化較明顯（大眾小說除外）。

[19] 就以具有指標性意義的花蹤推薦獎而言，在旅台作家「主動／積極」參賽的前五屆當中，三大文類共十五項次，旅台作家（林幸謙、鍾怡雯、陳大為）獲得四項次，歸馬多年早已「本地化」的留台作家（潘雨桐、陳強華）獲得三項次，其餘八項次為本地作家所得。後來的兩屆，鍾怡雯（旅台）、林幸謙（旅港）、陳強華（留台）共得三項次。詳閱：〈星洲日報花蹤文學獎歷屆得獎名單（1991-2003）〉，收入《赤道回聲》，頁 673-677。

批評，企圖為馬華文學重新作一次全盤大體檢，遂引發本地作家的強烈反彈。後來由旅台作家編選的《馬華當代詩選》（陳大為編，1995）、《馬華當代散文選》（鍾怡雯編，1996）陸續出版，由於審美角度上的「差異」，本地作家入選的人數不多，遂引發另一場爭議。

從國內外近百項次的得獎聲勢、副刊大篇幅且頻密的刊載、直指核心的犀利論述、被誤讀成權力爭霸的選集出版，到上述三場研討會的尖銳發言，旅台作家漸漸與本地作家（東馬與西馬）形成敵對狀態，「黃錦樹等人」皆成為馬華文壇的異議分子和問題人物。尤其某些慣以文壇主流自居，卻交不出像樣成績的前輩文人，以及被佔去得獎名額出不了頭的七字輩新秀，對旅台作家的敵意最深。即使在九〇年代末期，旅台作家不主動參加本地文學獎，情況依然沒有改善。「黃錦樹現象」對當代馬華文學的衝擊非常深遠，儘管他有部分言談過於激進，殺傷力太驚人，但那股「恨鐵不成鋼」的悲憤之情，卻有效激起許多六、七字輩作家對馬華文學的反省和討論。至於他在馬華文學重要議題上的論述，確實累積出非凡的成果與貢獻。

回顧過去十幾年旅台作家在西馬文壇的活動，除了王祖安主編期間的《星洲日報・文藝春秋》和張永修主編的《南洋商報・南洋文藝》兩大副刊，最支持旅台作家的刊物便是先後由小黑和朵拉夫婦，以及林春美主編的《蕉風》（它是馬華文學史上最長壽的文學月刊／雙月刊）。這三個副刊／刊物是馬華文壇最重要

的發表園地，至少對西馬作家而言，它們的版面象徵著當代馬華文壇的「主流」舞台。旅台文學得以「回歸祖國」，三大文學媒體確實扮演著決定性的角色。

　　近兩年在馬華本地副刊上不時讀到有關旅台文學的評述，偶有不知所謂的座談，講一堆自以為深具顛覆性其實膚淺至極的笑話。其中唯一具有討論價值的，是張光達發表在二〇〇二年底的〈馬華旅台文學的意義〉。他在文中提出一種具有高度包容性的宏觀見解——「旅台作家於整體馬華文學的長遠發展來看，可謂深具意義，它在地理位置的雙重邊緣／弱勢化可以衍生為特殊的發言位置與論述實踐，豐富了馬華文學的多元化面貌和聲音，也為本地學者提供並拓展馬華文學／文化研究的範圍」[20]。「雙重邊緣／弱勢化」是馬華文壇對旅台文學最典型的「想像／臆斷」，在理論上可以成立，但這個現象不是區區七個字說得清楚的。

　　由對台灣文壇與出版市場完全不了解的「非旅台人士」來討論旅台現象其實很危險，因為他們對旅台的了解是非常片面而武斷（一如我們對東馬的了解）。研究異地文學，本來就不能光憑片面的資料和想像，不但要長期追蹤、掌握最新的一手資料，更得實地考察，去了解當地的文學氛圍和最真實的創作情況，往往這些關鍵性的資訊都無法準確地記述在文章裡面。所以只有親自到台灣考察過一段時間的學者，比較能夠準確地研讀旅台文學。

---

[20] 張光達〈馬華旅台文學的意義〉，《南洋商報・南洋文藝》，2002/11/02。

除非他們只針對作品進行寫作技巧層面的美學分析，不涉及意識型態或國族文化的主觀評斷，否則貿然引用各種西方文學或文化理論，跟盲人騎瞎馬沒甚麼兩樣。反過來說，擁有近二十年大馬生活經驗，並長期追蹤，甚至參與「祖國」文學活動的旅台學者，在評論西馬文學時，自然佔了較大的優勢，不過一但涉及族群政治或意識型態層面的問題，就不見得能夠準確掌握／揣測到實況。實況往往可以糾正許多自以爲是的偏見，或想像。

　　近十年來的旅台文學的實況至少可以從兩個層面來觀察：

　　（一）學術研究：自民進黨執政以來，台灣本土論述成爲研究的主流，更掌握了最重要的學術資源，當年的被壓迫者如今成了更苛刻的壓迫者，形成一股排他性很強的文學政治力。在這種以台灣本土文學爲尊的學術環境之下，莫說馬華文學，連當代大陸文學都淪爲冷門學科。在缺乏資源和誘因的情況下，馬華文學在台灣的研究不可能成氣候。何況馬華旅台作家不到十人，作品數量當然不能跟兩千多位台灣本地作家相提並論。再加上一般台灣學者對海外華人社會的文化境況完全陌生，面對某些觸及族群或歷史文化議題的馬華文學作品時，不敢貿然動筆。當張貴興和李永平的小說集榮登兩大報「每周好書金榜」時，受邀撰文評述的不外乎黃錦樹、張錦忠、林健國三人（雖然陳大爲和鍾怡雯的書評通常交由台灣作家來寫，但自家人評自家人的窘境還是免不了）；至於那些被選入《台灣文學辭典》的旅台作家及其作品的詞條，同樣是優先交給旅台學者來撰述。張光達所謂「弱勢族群」

之說，在此可以成立。

　　台灣年輕學者楊宗翰在〈從神州人到馬華人〉一文中，討論了馬華旅台文學在台灣文學史上的價值與意義，他站在台灣學界的立場指出：「此刻人們更該清楚地認識到：旅台詩人的『台灣經驗／創作』也是文學史的重要組成部分，不該再讓他們在台灣詩史裡『流亡』了。文學史家除了要精讀文本，尚需努力思考他們的適切位置；而非藉『台灣大敘述』尚未竣工、仍待補強此類理由，再度使這群旅台作家成為被放逐者——若真是如此，逐漸成熟的新一代台灣作家與史家，難保不會也把這類殘缺的史著一起放逐」[21]。沒有人知道撰述中的台灣文學史會採取甚麼樣的態度／策略來處理馬華旅台文學，所以楊宗翰才感到憂心。由個人撰述的文學史專著並非一本定案的事實，後人若不滿可以隨時重寫。或許我們可以從更廣義的角度來界定「文學史」——由文學史專著、文學辭典、文學年鑑、年度選集、文學大系，乃至高中、高職及大專教科書，多層面構成的一個大時代的文學史觀。在上述八大類書籍的編選成果當中，除了太老舊與未出爐的文學史專著，旅台作家不但沒有缺席，他們還受邀主編了多部以台灣現代文學為主的重要選集：《天下散文選 I , II：1970-2000 台灣》、《天下散文選 III：1970-2003　大陸及海外》、《天下小說選 I , II：1970-2004 世界中文小說》、《台灣現代文學教程 2：散文讀本》、

---

[21] 楊宗翰〈從神州人到馬華人〉，收入《赤道回聲》，頁 182。

《台灣現代文學教程5：當代文學讀本》、《九十四年散文選》、《原鄉人：族群的故事》。

（二）文學獎：一直以來台灣各大報文學獎的包容性都很廣，幾乎每位第二、三代的旅台作家，都從大型文學獎中崛起[22]。台灣的兩大報文學獎——中國時報文學獎和聯合報文學獎——原是最重要的舞台，贏得兩大獎的次數越多，在文壇上的曝光率自然越高，後來又有中央日報文學獎和台北文學獎的加入，一時間台灣文壇變得很熱鬧。

不過自二〇〇〇年以降，台灣的文學獎已經失去了原來的重要性，得獎作品的水準大幅滑落，得獎者的光芒也黯然失色[23]，一獎成名的時代已經過去，連中文系學生都不再關心各項大獎的得主；歷史也算悠久的中央日報文學獎已經停辦，兩大報文學獎先後取消了部分水準下滑的文類，文壇的注意力轉移到一年一度的「十大好書榜」。崛起於九〇年代的年輕作家群，被稱為「最後的文學獎世代」。台灣文壇對這些年輕作家的注意力，已轉移

---

[22] 旅台作家在台灣得獎的情況，參閱：〈馬華作家歷年「在台」得獎一覽表（1967-2003）〉，收入《赤道回聲》，頁 669-672。

[23] 二〇〇三年贏得聯合報新詩獎的冼文光，其作品水準實在令人失望，恐怕無法替「在台」的馬華文學加分。至於所謂的年度優秀詩人獎，不但名額多達八人，更常出現名不見經傳的寫手。各大文學獎評審對台灣文壇近五、六年來的得獎作品，大都抱持負面的評價。兩大報文學獎早已喪失以往的得獎效應。

到個人著作的出版。書，成為新的逐鹿舞台[24]。

　　一九九九年以後，旅台作家陸續退出參賽者的行列進入評審體系，短期內很難再看到以往的得獎盛況；不知多少年後才會產生另一批陣容可觀、旗幟鮮明的旅台作家。當前這一批旅台作家相對於整個台灣文壇，也許呈現 1：200 的人數比例，但在形同金字塔頂端的「兩大報得獎作家群」中，旅台作家的得獎次數大幅縮小了原來的比例。而且每個旅台作家幾乎都得過兩次以上，有效強化了旅台作家的「得獎印象」。在兩大報文學獎創辦二十幾年來（至二○○三年止），共四十九屆次的得獎名單上，旅台作家共得二十八個獎項，這個得獎頻率足以讓旅台作家在台灣主流文壇取得一席之地。如果再加上旅台作家在皇冠大眾小說獎、台北文學獎年金、華航旅行文學獎、中央日報文學獎、梁實秋散文獎、吳魯芹散文獎、洪醒夫小說獎、教育部文藝獎、行政院新聞局圖書金鼎獎、年度十大好書獎等重要大獎上的「豐收」（共五十一項次）。正好經歷台灣文學獎盛世的馬華旅台作家，更像一支專業得獎的勁旅，長期關注馬華旅台文學發展的齊邦媛即認為：「馬華旅台作家就在七○年代開始引人重視。一九七七年後的十年間，《中國時報》及《聯合報》兩大文學獎，把諸如李永平、商晚筠、張貴興、潘雨桐等名字，推上萬眾矚目的舞台。到

---

[24] 不過台灣的出版品，從 1989 年的 6,802 種，暴增到 1999 年的 34,563 種，到了 2008 年更高達 44,684 種。新人更容易出書，也更容易被書海淹沒（出版數據詳見：《ISBN全國新書資訊網·各年度書目筆資料筆數統計》）。

了九〇年代，馬華旅台作家已幾乎都是得獎作家」[25]。於是旅台作家群則被歸納成一個族群，全台灣最小，也是亮度最夠的小族群。很多時候，當其中一位旅台作家接受採訪或被評論時，在藝文記者與學者筆下，往往是論一人而兼及全體[26]。無形中產生連帶加分的廣告效益。回顧過去二十年的旅台文學發展概況，各種高曝光率的文學大獎，是成就當代旅台文學的一大關鍵。

然而，部分西馬作家對旅台作家夠能在台灣頻頻得獎，深感不以爲然。他們認爲那是旅台文學作品的異國題材，迎合了台灣評審的獵奇心理。這個現象在小說方面比較容易引起誤解，可是極大部得獎散文的馬華背景淡得幾乎不起作用，馬華色彩在散文評審過程中根本不受矚目，真正讓這些作品得獎的是作者的創意、語言和技巧本身。以鍾怡雯爲例，雨林色彩較重的《河宴》並沒有受到文壇的矚目，讓她晉身主流文壇的是台北背景的〈垂釣睡眠〉；她後來被收入台灣高中及高職教課書、大學國文課本和各種散文選的多篇散文，全是以台灣爲背景的故事。詩也一

[25] 齊邦媛〈《雨雪霏霏》與馬華文學圖象〉，收入李永平《雨雪霏霏》（台北：天下文化，2002），頁Ⅷ。

[26] 即如齊邦媛在李永平《雨雪霏霏·序》中所言：「談及李永平的成就，不禁令我想起來自馬來西亞的那一系書寫血脈——馬華文學。馬華旅台作家從早期的潘雨桐、林綠、李永平、溫瑞安、方娥真，而中生代的商晚筠、林幸謙、張貴興、黃錦樹，以至晚近的陳大爲、鍾怡雯，那真是一支浩浩蕩蕩、星光閃耀的文學勁旅。」（《雨雪霏霏》，頁Ⅶ-Ⅷ）

樣，陳大爲曾經獲得四次兩大報新詩獎，前三首都是古代中國歷史、神話、佛典中的題材，第四首才是南洋主題。他的「南洋史詩」系列作品，只佔第三本詩集三分之一的篇幅。其實南洋歷史反而形成一種文化隔閡，而不是吸引力。

　　從西馬文壇對旅台文學的諸多誤讀，讓我們意識到：除非實地了解過台灣，否則馬華本地（以及大陸）學者根本不能了解台灣文壇、出版界和書市的習性。同樣道理，旅台學者也無法「百分之百精確」地掌握馬華本地作家在馬來西亞國家文學版圖裡，尋求國家文學承認／認同的焦慮與困境。這種問題必須交給像莊華興那樣長期關注馬來文學的學者來處理，他那篇〈敘述國家寓言：馬華文學與馬來文學的頡頏與定位〉（2003）便是非常內行的專業論述。文化語境並非透過資料便能還原或重製的東西，它是一種必須長期親身體驗的抽象氛圍。除此之外，其他核心的文學史議題，或文本詮釋，旅台學者都可以透過本身的「雙重歷經」貼近事實。

　　自立於馬華文學土壤之外的旅台文學，並不是一個群體（唯有「神州社」例外），它只是「幾個各自爲政的旅台作家」的歸類，非但沒有形成一套世代傳承的書寫傳統或精神，他們對很多議題的看法、創作理念也不盡相同，沒有誰可以成爲代言人。更精確的說法是：他們的創作都是自己的選擇，各自累積，最後被論者歸納出一個具體的成果。我們很難去討論旅台文學作品對馬華文學的影響，雖然在某些七字輩作家的得獎作品中，可以輕易

找到「旅台的影子」（甚至出現過被大量盜取詩句改寫成文，再得獎的事情）；旅台作品在馬華得獎的「量化統計」只能說明它在主流文壇的比重，談不上影響。但陳鵬翔、張錦忠、林建國、黃錦樹等幾位旅台學者，對馬華文學重要議題和重要作家的討論，不但更新了文學批評的視野和理論方法，深化了「馬華／華馬文學的定義」、「馬華性與中國性」等核心議題的討論。林建國的〈為什麼馬華文學？〉（1991）、張錦忠〈中國影響論與馬華文學〉（1997）、黃錦樹〈中國性與表演性──論馬華文學與文化的限度〉（1997）等三篇論文，用前所未見的深度和廣度，針對中國文學支流論進行高層次的理論辯證，並進一步確立了馬華文學的主體性。尤其張錦忠所運用的「複系統」理論，足以解決「中國－馬華」、「台灣－旅台」之間的諸多問題。陳鵬翔則借助多種西方文學理論，對小黑、吳岸、韋暈、姚拓等多位本地作家的文本詮釋，不但展現精闢的理論操作，更發掘出本地作品被粗略的評論文章長期掩埋的美學價值。

　　從議題討論到文本詮釋，旅台評論力量的回歸，對整個馬華文學評論水準的提升，有非常顯著的影響。由陳鵬翔、張錦忠、林建國、黃錦樹、鍾怡雯、陳大為、辛金順、高嘉謙等人組成的旅台學術團隊，已成為當代馬華文壇的評論主力。就學術能力而言，他們更是目前極少數有能力重寫「馬華現代文學史」的學者。這一點，沒有人可以否認。

　　不過，即使旅台作家群得再多的獎，我們還是無法將它界定

為台灣文壇的強勢族群，只能視為強勢的個體，「偶爾」被化零為整，歸納成一個創作力非常活躍的小族群。這一點，是馬華本地文壇看不到的真實。研究旅台文學，跟研究東馬文學一樣，必須捨棄西馬文學的觀點與成見（以及可能的想像），實地了解之後，再下筆。

三、花叢裡的蜂鳥：西馬文學的創作慾望

　　一向以中心自居的西馬文壇，在作家人數上占有絕對的優勢。不過就人數而言，這個由五百多萬華人產生出來的馬華（西馬）文壇，比起大台北六百多萬人在國家機器和眾多文學媒體的滋養下產生的台北文壇，還是略遜一籌。西馬文壇的容量並沒有很大，只要一項較重大的文學活動，便足以沸騰「舉國文人」。星洲日報花蹤文學獎，對九〇年代以降的馬華文學創作影響最為深遠，它甚至成為創作的動機和部分體質。這是很嚴重的病癥。

　　由現今馬華第一大報——《星洲日報》——創辦於一九九〇年的花蹤文學獎，在九一年頒獎前夕，以空前的版面，和奧斯卡頒獎禮的方式，引爆了馬華本地作家鬱結多年的創作慾望。實在很難想像哪一個文學獎能夠以頭條新聞的架勢，佔據第一大報的頭版位置。「一獎成名天下知」加上高額獎金的巨大誘因，徹底改變一向自嘲資源貧瘠的馬華文壇。

　　馬華本地的文學獎不少，從鄉青小說獎、潮青文學獎、客聯

小說獎、嘉應散文獎、綠禾散文獎，到大專文學獎，多半因為缺乏大眾傳媒的配合，以及徵文的規模太小、獎金不高，沒有形成「大獎」的氣勢與格局。而兩年一度的「花蹤大戲」，以空前的規模和歷時九屆（十八年）的努力，替馬華文學催生了不少優秀的作品。沒有花蹤文學獎，當代馬華文壇鐵定損失大半的創作力與活力。在巨大的文學貢獻之餘，花蹤同時造就了一批逐獎而生的新生代寫手——得獎後沉寂兩年，鮮少甚至完全不發表任何作品，直到下一屆徵稿時再重出江湖。

很多年輕寫手經常批評老作家的作品如何保守、落伍、不入流，但前行代作家在文學創作條件極差的情況下，持之以恆地創作了數十年，這種動機純粹且後勁十足的創作精神，早已絕跡江湖。眾多「一獎文人」的出現，無形中阻斷了那些長期用心創作、有待鼓勵的新人。而且花蹤文學獎極大部分獎項只限馬來西亞國民參加，在初期有助於栽培本地的新人，但自家人長期關起門來較量的結果，造成得獎者與入圍者永遠是那串名單，再也無法透過真正的競技來提昇馬華文學水平，除非全部獎項一起開放給國外華文創作者參加，像台灣的眾多大獎一樣。至少，開放給全東南亞。

這群老想逐獎維生，一年下來卻沒幾個獎可以參加的新生代寫手，征戰十年也湊不出一本像樣的著作。當然，這不是花蹤的錯，花蹤的存在反而暴露了另一個事實——馬華文壇最大的危機不是發表園地的不足，年輕作家的創作生命之所以很容易夭折，

乃惰性使然。以六字輩詩人呂育陶爲例,他在歷經十餘年的寫詩生涯之後,總算累積出第一本詩集;張光達在詩集的序中給予極高的評價:「他將帶領其他新生代的詩人作者邁進 21 世紀,成爲世紀交替裡一個分水嶺的文學標杆」[27]。呂育陶的創作水平早已深受馬華文壇的肯定,也曾獲得中國時報新詩獎,張光達當時的評價相當接近於事實。但詩集出版後四年期間,呂育陶除了參加過兩三次徵文之外,幾乎不太發表詩作(所以他始終未能獲得象徵著「質實兼備」的花蹤推薦獎),遲至二〇〇八年才出版第二部詩集。能夠長期維持高質量創作表現,不斷進步的七字輩作家,似乎只有寫小說的黎紫書和寫詩的林健文。其他體積原本細小的蜂鳥,集體休憩以待下一屆的「花季」。反而是潘雨桐等前輩及中生代作家,持續展現以一當十的創作力。

　　一九九〇年代以降的西馬文壇雖然人多勢眾,但個人創作成果的累積是令人失望的;況且近二十年來西馬文壇似乎沒有創造出自己的「品牌」,相較於東馬作家對「書寫婆羅洲」的自覺,西馬作家有必須尋找一個較恢宏的創作方向。

　　西馬文學的發展歷程頗長,在不同時期有不同的「營養來源」。戰前透過中國現代文學(1919-1949)吸收了寫實主義,五〇、六〇年代受到香港文學的影響,七〇年代以後轉向台灣現代

---

[27] 張光達〈詩人與都市的共同話題——序呂育陶詩集《在我萬能的想像王國》〉,呂育陶《在我萬能的想像王國》(吉隆坡:千秋,1999),頁 18。

文學取經。尤其八〇年代中期以後，陳強華、傅承得等留台生回
馬任教，在中學培育出一批又一批讀台灣文學作品長大的文壇新
秀，其中表現最突出的莫過於趙少傑、邱琲鈞、周擎宇、王德志、
盧佛寶等人組成的「魔鬼俱樂部」。第二代魔鬼成員周擎宇，如
此記述他們在陳強華的指導下的學習情況：「強華老師印一些比
較經典的詩來給我們當教材，我們則不停地消化複印來的詩集，
有陳克華的《騎鯨少年》、夏宇的《腹語術》、《備忘錄》等，實
在太多了」[28]。翻開八〇年代末期最受校園寫手喜愛的《椰子
屋》，再篩除掉佔總篇幅七成的輕薄短小的呢喃文字，剩下的那
三成「相對」優秀的佳作，盡是陳克華、夏宇、林燿德、羅智成、
楊澤、楊牧的影子。影響並不可恥，這裡只想說明台灣現代文學
對西馬文壇六、七字輩的影響實況。主要原因只有一個：在這些
新秀眼裡，馬華文學還沒有累積出自己的經典。

　　就文學營養的汲取源泉來說，西馬和旅台的六、七字輩作家
根本上是殊途同歸，只有吸收總量上的差異，以及前者在自己作
品中「殘留過量」的台灣影子，無法像後者轉化成自己的風格。
西馬的年輕詩人或繞過旅台詩作直接取經自台灣，或透過旅台／
西馬的同輩詩人的作品「間接」進修，成為另一種「隱形」的旅
台形式，這種例子不勝枚舉。由於旅台作家大多來自西馬，而且
極大部分在畢業後都回西馬，融入本地文壇。從潘雨桐、商晚筠、

28　周擎宇〈第 2 代魔鬼〉，《蕉風》第 484 期（1998/05,06），頁 83。

黃昏星、王祖安、陳強華、傅承得，到劉國寄、廖宏強、林惠洲、許裕全等數十人，現在都被視爲本地作家了。西馬與旅台的密切關係，由此可見。

　　但西馬文學的發展遠比旅台和東馬來得多元，所掌握的華社資源更是豐厚。各種文叢、選集，甚至大系的出版，以及多次國際研討會的舉行，都顯示出西馬文壇的財力。這也是它對整個馬華文學的責任。我們比較關心的是：跨入二十一世紀的西馬文壇，是否已找到一個像「書寫婆羅洲」一樣的文學動力和地標？

　　回顧八〇年代的馬華文學成果，最突出的文學地標可能是後來磨練出眾多新銳作家的校園文學。一直以來，馬華本地的大專生都揹負著華社對他們（知識分子）的期待，所以當「八〇年代的華社，充滿頹喪黯然的情緒；作爲社會縮影的大專院校，華裔學生不免也有同樣的感受。他們通過正式與非正式的活動，力圖在劣勢中，傳達他們的憂患和期望。這一個時期，大專院校前所未有的剛好雲集了一批文學愛好者，或結社，或出書，作者之眾與作品之多，造就風氣極盛的校園文學。處於風起雲湧的時代，在他們的作品中，也不免反映出社會的不安的面貌和人們焦慮的情緒」[29]。這一波風潮，替馬華新詩和散文催生了不少出色的作家：林幸謙、祝家華、潘碧華、程可欣、林春美、禤素萊、何國

[29] 潘碧華〈八〇年代校園散文所呈現的憂患意識〉，收入《赤道回聲》，頁292-293。

忠。人才輩出的馬大中文系，儼然成爲當代馬華文學的「重鎮」。

那個充滿政治憂患意識的校園散文時代已經過去、張揚中國意識的邊緣書寫沒有剩下多少發揮空間、沉溺於中國意象的僞古散文只能蹲在中文系裡自賞、所謂的政治散文常常淪爲知識分子老掉牙的社論、雨林散文缺乏一座可以跟婆羅洲相提並論的莽林、情色詩和都市詩又籠罩在台灣詩人的陰影底下、馬共的素材被張貴興和黃錦樹推到很難超越的高峰，西馬文學可以處理的大題材所剩無幾了嗎？其實不然。最起碼在散文或新詩的地誌書寫方面，很有開拓空間。

我曾在二○○一年的〈空間釋名與味覺的錨定：論林春美的地誌書寫〉[30]一文中，討論過林春美的系列小品〈我的檳城情意結〉（1994），那是最早被討論的「地誌書寫」。今年，又陸續讀到幾篇以檳城爲書寫對象的散文和小品：杜忠全〈路過義興街〉（《星洲日報・文藝春秋》，2003/11/15）、鍾可斯〈那一條街、那一座城、那一叢書〉（《南洋商報・南洋文藝》，2003/11/29）、方路〈七月鄉雨〉（《星洲日報・文藝春秋》，2003/11/23）、〈茶室觀雨記〉（《自由時報・自由副刊》，2003/01/12）、〈春天〉（《星洲日報・星雲》，2003/01/23）、〈第二月台〉（《星洲日報・星雲》，2003/01/30）等。他們顯然意識到檳城作爲歷史古城的書寫價

---

[30] 陳大爲〈空間釋名與味覺的錨定：論林春美的地誌書寫〉，《南洋商報・南洋文藝》（2001/09/08）。

值，並以一種記錄人事、節慶、風俗，回顧歷史，進而建構都市空間質感（或地方感）的策略，來描寫他們的故鄉檳城。這是西馬散文最值得發展的強項。西馬的幾座重要都市——檳城、馬六甲、怡保、吉隆坡、新山——都是殖民史、族群文化等集體記憶的沖積層，很值得一寫。但要充分開採這些珍貴的歷史資產，除了仰賴個人的才情與生活經歷，以及相關史料的研讀，恐怕還得借助都市空間理論、文化地理學、地誌學、甚至消費文化理論等學術研究成果與視野，免得浪費了如此珍貴的資產。西馬的兩大報副刊，應該可以鼓勵地誌書寫的風潮[31]，為馬華文學打造一座嶄新的地標。

　　翻開第七、八、九屆花蹤文學獎的得獎名單，我們雖然看到一批新秀躍上舞台，也看到那些兩年寫一次的專業得獎作家。馬華作家不但要擺脫文學獎的創作誘因，更要超越以「單篇」作品累積成書的創作策略，晉級到系列創作或單一主題的「單本」創

---

[31] 不過，令人憂心的是：近兩年杜忠全陸續發表的地誌／地方書寫，品質大不如前，有非常明顯的退步。雖然他後來得到第八屆花蹤文學獎散文推薦獎的肯定，但評審們過度關注在主題開拓上面，而忽略了語言表現和謀篇技巧。對專業的散文研究者而言，地誌書寫不是新鮮事，而且地誌書寫不是把一座城市或某個地景搬出來就行了，空間內容和敘述的質地都需要費心經營，要有效產生地方感或地方精神。這一點，在目前已發表的地誌散文當中，都還沒有達到完善的境界，畢竟只是一個起步。杜忠全等人必須進一步提高品質，不要在量化的創作風潮中，糟蹋這個珍貴的都市文化遺產。

作。從隨意而爲的「單篇」到「系列」，再到全盤規劃的「單本」，甚至「三部曲」，必然可以全面提升創作的質量。相對於東南亞各國的華文文學，馬華文學的創作、發表、出版環境是最好的；環境不再是馬華作家的殺手，只剩下自身的惰性和藉口。

結　語、去中心後的鼎立態勢

　　過去一直作爲當代馬華文學中心的西馬文學，在面對東馬文學和旅台文學時，必須調整心態和視野。旅台作家一向以台灣文壇爲根據地，發展出另類的馬華文學面貌，他們至少創立了：歷史反思、雨林傳奇、南洋敘述、邊陲書寫等突出的文學地景。東馬作家也有一塊豐碩的婆羅洲雨林，光是自然寫作的素材就取之不盡了，何況還有砂共事蹟、多元種族文化等創作原料。西馬獨享六百年的殖民地歷史資源，既可回溯城鄉發展下的社會、文化結構之變遷，又可發展潛力無窮的（都市）地誌書寫，當然也可以直探難度最高的族群和政治問題。

　　一個南中國海把戰後的馬華文學分割成──西馬、東馬、旅台──三大板塊，三足鼎立，不必存在任何從屬關係。「去西馬中心」之後的當代馬華文學研究，應該可以更準確地掌握各地區的文學風貌和實況。因爲三地的歷史、政治、社會與文化語境不同，用同一套標準去評斷「異地」的陌生事物，恐怕會失之主觀。否則，在西馬觀點裡的旅台作家永遠處於游離、飄泊的狀態，然

後再以這個角度去追究、去曲解他們爲何不寫馬來西亞的現實社會？爲何要回過頭來書寫婆羅洲雨林或南洋，是否對台灣依舊存在著異鄉情感與文化隔閡？甚至對張貴興等人入籍台灣的原因進行一番學理分析。難道選擇「定居」台灣的旅台作家，就不可能產生「安定感」？台灣有沒有可能成爲落地生根後的「第二故鄉」？他們在面對台灣本土勢力時，究竟是採取甚麼樣的姿態？諸如此類的「旅台想像」，不宜用目前西馬文壇一貫操作的思考邏輯和角度來論斷。

　　儘管旅台文壇加起來才十餘人，但他們的創作力卻不能以人數來評量。且以跟呂育陶同屬六字輩的作家來比較，便可看出他們的創作活力。在近二十年（1990-2009）的創作生涯中，他們的出書量（僅包含個人創作集、學術專著、正式出版的學位論文集）：黃錦樹八部、鍾怡雯十四部半、陳大爲十六部半，平均每人十三部。此外，由他們主編出版的選集超過二十種。五十年來各世代旅台作家累積的著作出版量，更高達百部（不含溫瑞安〔旅港〕的四百本武俠小說）。其次，近二十年來旅台學者所發表的馬華文學論文，不但處理了馬華文學史的核心問題、重要文類和作家，到了二〇〇九年夏天，總篇幅已突破一百二十萬字[32]，成

---

[32] 這個數字以黃錦樹、張錦忠、陳大爲、鍾怡雯已出版的幾部馬華文學評論集爲主，加上陳鵬翔尚未結集的論文集，以及林建國和高嘉謙的幾個單篇論文。比《赤道回聲》的序文裡估算的還多二十萬字，一方面是這三年來的累積，另一方面是論文結集時，可以更精確計算出字數。

爲當代馬華文學評論的主力。

　　不管從創作或研究的角度來評量，旅台文學已經擁有足夠的「質」量自成一個板塊，跟五十年來至少累積了五百多部的創作與論述性著作的東馬文壇、作品產量更爲龐大的西馬文壇[33]，鼎足而三。

　　當代馬華文學，本來就是三個獨立發展的文學板塊，如同一個文學的「聯邦」，沒有所謂「中心」和「邊緣」之分，它們一起構成「當代馬華文學」的全部內容。

原發表：2003 海峽兩岸華文文學學術研討會，2003. 12

第一次修訂：《思考的圓周率》，2006. 12

第二次修訂：2009. 07

按：這是一篇從各層面探討馬華文壇現況的概論文章，旨在導引（或更新）國外學者的馬華文學印象，並提出三大板塊的發展態勢，這是研究馬華文學的基礎認識。二〇〇三年底撰寫的原稿，其中部分數據有時效性，雖然六年來馬華文壇的大勢不變，但若能夠隨機更

---

[33] 南方學院馬華文學館在二〇〇九年的藏書量，共八千三百種，雜誌六千餘冊，是目前馬華文學最完整的藏書，或可由此「推算」出歷來馬華文學出版品的規模。

新，也別有意義。故本文在兩次修訂過程中，各種統計數據依照其更新的必要性，進行不同程度的微調，整體論述觀點與評價不變。

[巻 二]

詮釋的縫隙與空白

——細讀楊牧的時光命題

一、楊牧的前閱讀印象

　　對一名專業的現代詩讀者而言，要完全了解、掌握楊牧的詩，是一件非常吃力的事。因爲他在文本中留下許多迷人的詮釋縫隙與空白，同時又埋下可供讀者四處追索或考證的線索。我們很少讀到針對楊牧單一詩作的孤立式文本分析，能夠完滿、準確地對每個句子作出詮釋，通常只是片段的討論或解讀。大部分討論楊牧詩作的評論文章都是綜論，更免不了去引述或參照楊牧的詩論和散文，尤其記述花蓮和柏克萊生活的散文，早已成爲重要的行跡與心境的旁證；它們以龐大的陣勢、飽實的意涵，在詩的留白處引誘陷入困境的詮釋者。當然，沒有評論者會錯過楊牧詩集的後記，那是詩人的自我洩密檔案，對解讀楊牧的詩有莫大助益。舉一個典型的例子：奚密在分析《涉事》時，就「在詩人〈後

記〉裡得到這樣的解釋：『詩是我涉事的行為。』在二○○二年八月接受美國文學雜誌《Manoa》的電話訪談裡，楊牧用intervention一詞來翻譯『涉事』[1]，便很輕鬆地解決了書名的多種可能的指涉。如此一來，就可以用楊牧的矛去破解楊牧的盾。這也成為楊牧詩研究的一項重要詮釋策略。

其次，在文本背後的楊牧不僅僅是一位詩人，他同時是散文家，又是西方浪漫主義文學和中國古典詩詞造詣深厚的，花蓮土產的留美學者。書本裡外的「楊牧印象」是經由新詩、散文、評論的跨文類累積與互相滲透，交織沉澱出來的一個不可切割的整體，它（們）構成楊牧每一篇新作品的「前文本」（pre-text）——對一個新文本的創作或詮釋產生影響的所有文本的集合。這個一體成型的「楊牧（前閱讀）印象」，可以很具體地濃縮成一種——糅和了浪漫主義騎士精神、布爾喬亞詩學性格[2]，以及浸淫於古典詩詞的——文人素養。這個文人素養與氣質，貫徹楊牧大部分的詩作，即使是政治批判或社會關懷的入世題材，詩裡行間都可以感受到一股出世的，從容閒定的氣度。

這份從容閒定的氣度，有一個相當關鍵的根源：閒適的生活態度。我們可以很輕易地找到印證的文字：

---

[1] 奚密〈抒情的雙簧管：讀楊牧近作《涉事》〉，《中外文學‧雙和：楊牧專輯》第 31 卷第 8 期（2003/01），頁 208。

[2] 這個精闢的見解，出自石計生〈布爾喬亞詩學論楊牧〉，收入孟樊編《當代台灣文學評論大系（4）新詩批評卷》（台北：正中書局，1993），頁 375-389。

詩人需要一些精神鬆弛的時候，一些忘卻利害的時刻，總之，他需要一些閒適。王國維說：「是故觀物無方，因人而變。」詩人要像莊子惠施看視濠上之魚，產生無所謂是非的思辨之樂，不必急於結網。是的，就是那樣一種有知無欲的心情，面對客觀世界，在有可能的情況之下，把握閒適，甚至設法擴大閒適的時空，延長到無限，使我們喧囂的現實也轉變為華胥之國。[3]

這段話來自楊牧靈魂深處的共振，「無所謂是非的思辨之樂，不必急於結網」儼然就是楊牧詩中最迷人的心境與敘事基調；至於「把握閒適，甚至設法擴大閒適的時空，延長到無限」，則進一步擴大他在文本裡經常流露的閒適感，遍布整個創作生命。所以楊牧的詩，總是那麼氣定神閒，不疾不徐地敘述一件事，甚至一個片段的時光，看似飄渺虛無的內容或思緒，任憑詮釋者將之解讀成孤獨或蒼茫。我比較感興趣的是那些完全淨空的思緒或敘述片段，因為無事，所以最難下筆，一個不小心就淪為無聊與空洞，但楊牧總是有辦法將之成詩。或者可以反過來說：我們總是有辦法將它詮釋、參悟成一首好詩。

　　楊牧詩作的詮釋過程或讀者反應，很久以前就成為我關注的議題。本文選擇《時光命題》為討論對象，針對詩集中「時光」性質／意識較強烈的詩作，透過讀者反應理論的分析方法，並參

---

[3] 楊牧〈閒適〉，《一首詩的完成》（台北：洪範書店，1989），頁 122。

照其他學者對楊牧的評析，再以細讀的微觀視野，討論楊牧詩作
在詮釋上的問題與現象。

二、在空白與縫隙中探索

　　「時光命題」本身即是一個非常主觀、彈性十足的詞彙，「時
光」足以涵蓋個人當下的細微感悟到大歷史的千年遞變，「命題」
即是引導思維探索的方向，不管它是主動或者被動。關於這一
點，楊牧在《時光命題·後記》中，有一段不太容易明白的暗示：
「時間光陰於無聲中的確是為我們釐定著一些警示，但我們逢到
詩的內容與形式是眼前的工作在權衡較量時，何嘗不從中襲取一
些教訓，並且全力以赴？超越那些憂憫的時刻經驗的，還有許多
其餘的具象與抽象：白髮和風雪，星星的歸宿，……航向拜占庭，
中斷的琴聲，一切的峰頂。就是這些，時光給我的命題；更還有
許多其餘，隱藏在宇宙大文章的背面，等待我們去發現，記載，
解說」[4]。第二句有點語焉不詳，接下來的多種「其餘」都很抽
象，而且是無止境的。這篇〈後記〉對讀者較有幫助的是前半部，
楊牧談到「二十一世紀只會比這即將逝去的舊世紀更壞」[5]，這
種悲觀，「應該就是一種長期，慢性，而反覆的憂憫」[6]，相信很

---

[4] 楊牧《時光命題》（台北：洪範書店，1997），頁156。

[5] 《時光命題》，頁152。

[6] 《時光命題》，頁153。

多詮釋者都不會錯過這段文字。

　　少了這篇〈後記〉，在大部分詩作的詮釋上，並不會有太大的影響，因為那些詩作本身的詮釋空間都很遼闊，上面幾句抽象的說明本身，就有待進一步的說明，它僅僅給我們指出一個似有若無的方向──時光。我們就從〈一定的海〉（1991）展開對這部詩集的閱讀，看楊牧如何在詩的首段展開典型的敘事風姿：

　　　我緣著一定的海行走，涯岸

　　　山以無窮的溫柔俯身相探

　　　而我已經知曉了前後和生死：心神

　　　在巨大豪美的背景下定型凝固

　　　我左右顧盼，見微風在小浪上模擬躓足

　　　這其中自有一種不可言說的啟示[7]

之所以要從這一段展開我們的詮釋，是因為六行詩句當中，共包括兩個值得討論的重點：「一定」、「不可言說」。「一定的海」其實是非常主觀、孤立、模糊的指涉，「一定」非但在句構上沒有完整的語境（究竟是作為「一定存在」的背景、「一定規模」、「一定位置」、或者在詩中扮演著「一定角色」的海？），在定義或認知上更是一片空白，沒有誰能夠準確地指出楊牧到底緣著什麼樣的海在行走。偏偏它又是此詩的篇名（而且韻味十足），不容忽略。楊牧究竟在想什麼呢？當他筆下出現這四個字的時候……

---

[7] 《時光命題》，頁14。

沃爾夫岡・伊瑟爾（Wolfgang Iser）認爲：文學作品有兩個
極（poles），我們可以稱之爲藝術極（artistic）和審美極
（aesthetic）：藝術極是關於作者創造的文本，審美極則是由讀者
所完成的實踐。當讀者使用各種由文本提供給他的景致，以便將
各種形式跟「圖解化視野」（schematised views）相互聯繫起來，
他就使作品處於運動之中，正是這個過程最終喚醒他主體內部的
各種反應。這麼一來，閱讀便讓文學作品展現出它內在固有的動
力學特質[8]。「一定的海」從藝術極被閱讀的想像力導向審美極之
際，不斷引誘讀者去思索、開發、填補它的意涵。從我的主觀感
受而言，它就勝在這種懸而未決的詭異之美。從後面幾句的行走
路徑、心境與地勢的描述看來，應當是楊牧「固定」邊行走邊沉
思的海岸線。但「固定」一詞太死，一首名爲〈固定的海〉的詩，
最好別讓它誕生出來。

我們必須啓動龐大的前閱讀印象，以及詩作年份的考證，將
「一定的海」錨定在一九九一年九月的香港，剛好是楊牧抵達香
港，參與一所大學創辦工作的開始（從〈後記〉提供的訊息去推
算）。但我們不能貿然將詩人的思緒死死綑綁在港島或九龍半島
的黃昏海岸，因爲詩人在文本中提供了一個具有高度不確定性和
重疊性的圖解化視野，況且他完全沒有用上任何香港或都市意

---

[8] Wolfgang Iser, "The reading process: a phenomenological approach", *The Implied Reader : Patterns of Communication in Prose Fiction From Bunyan to Beckett.* John Hopkins U.P. (1974). p.212.

象，當我們讀到山海相依的畫面，很自然又想起《奇萊前書》裡的花蓮。太平洋西端的花蓮海岸線蘊藏著豐沛的少年楊牧的成長經驗；而太平洋東邊的西雅圖則是楊牧後來定居多年的所在，在《年輪》和《搜索者》可以讀到學者楊牧的心靈圖景。楊牧沒有把〈一定的海〉錨定在香港，所以花蓮和西雅圖海岸線的累積印象，有足夠的空間滲透、重疊進來，這個空白（gap）無限擴大了此詩的時空疆界，而詩人在海邊行走的心境詮釋，更可以同時召喚兩個過去的臨海感受，與當下交疊，形成一個今昔對照的——從少年的花蓮、壯年的西雅圖，繞一圈回到太平洋此岸的香港——生命思考。五十一歲的詩人在海邊，回顧所有「前後和生死」，眼前這個「巨大豪美的背景」（可以詮釋成個人的生命經歷，也可以是這座臨海的繁華都市給詩人的存在感受），讓他體悟到一種「不可言說的啓示」。如此一來，「一定的海」從前述的形而下的「固定路徑」超脫出來，轉變成生命歷程中「一定存在」，而且「扮演著一定角色」的形而上意象。

　　正是「一定」的意義留白與不確定性，提供讀者想像和詮釋的自由，我們必須主動去確定原來不確定的意義，去填補空白與縫隙，才能獲得完整的閱讀結果。文本閱讀的「不對稱性」是造成其召喚結構和讀者再創造的根本原因。我們得透過文本中的圖解化視野，將所有的前閱讀印象聯繫起來，才能夠讓這首詩的詮釋活動展現出它內在固有的動力學特質。伊瑟爾更指出：在某種程度上，文本「未寫出來的部分」（unwritten part）刺激著讀者

的創造性參與。但已寫出來的部分，卻把某種限制強加在未寫出來的隱含部分上面，以防止這些部分變得太模糊與朦朧；但在此同時，這些隱含的部分，通過讀者想像力的加工設計，使得「已知境況」（given situations）跟那種——賦予比它本身可能具有的更大意義的——背景，形成對照[9]。「一定的海」本身雖然具有高度不確定性，容許相當多元的詮釋，但整首詩的語境和創作時間（已知境況），對它有「一定」的約束和導引作用，我們的詮釋才不致於產生太大的偏差。

　　或許對某位專精於楊牧作品的學者或讀者而言，這個迂迴的詮釋過程可直接縮短到一個念頭，光看「一定的海」，便能「心領神會」[10]，其他全屬廢話。心領神會，這種看似不負責任的說法，正好提醒我們這首詩還有第二個討論重點：「不可言說」。

　　我覺得楊牧的詩，有時真的是「不可言說」。明人謝榛在《四溟詩話》中說了一番很有見地的話：「詩有可解、不可解、不必解，若水月鏡花，勿泥其迹也」。究竟楊牧在海邊行走時得到了

---

[9] *The Implied Reader.* p.213.

[10] 我覺得「心領神會」是閱讀楊牧詩作，最常見的讀者反應。它不需要鉅細靡遺的分析過程，僅借助讀者自己的「楊牧經驗／印象」，就夠了。暫且抽離本論文的論述主軸，就單純的閱讀感受去看這首詩，在涯岸行走、沉思的楊牧，在面對龐大的生命啓悟時，尚且能夠用氣定神閒的心境、輕巧的意象組合，以及舒緩沉靜的語言節奏去呈現主題，所以「山以無窮的溫柔俯身相探」（而非俯身逼迫），所以他還能夠在山海之間「左右顧盼，見微風在小浪上模擬躡足」。此詩的心境和意境，都是上乘之作。

什麼樣的啓示，實在沒有必要在詩中說清楚講明白，重點是讀者
能否感受那種朦朧的美感，以及「其中有物，其中有象」的渾沌
氛圍。這首詩後面還有十行，只見思緒的轉動和移走，詩末的「那
慣性的嘮喋，怨懟，猜疑」，是否在描述創校初期的人事問題，
或者別有所指[11]，都不是很重要。一首詩本來就無法交代整件事
情的來龍去脈，那並非詩的文類功能所在；況且作爲一個偶爾的
生活記述，創作主體感受的傳遞比事實本身來得重要，讀者只要
能夠心領神會就好，那片「一定的海」遂有了「不必言說」的迷
人意涵。

　　當然，楊牧還是有可解的詩，譬如這首筆觸、線條非常細緻
的懷舊之作〈懷念柏克萊（Aorist:1967）〉（1992）。選擇它作爲
討論對象，主要是因爲楊牧用很典型的閒適心境，記述了一段寧
靜、美好的時光，從技巧層面來說，它是一首寫作難度非常高的
瑣事敘述[12]──觸景生情，突然想起一件二十五年前的舊事。就
這樣，沒有轟轟烈烈的事物，沒有高潮迭起的情節，平凡至極，
卻讓他惦記至今。會是怎麼樣的一首詩呢？「Aorist：1967」又

[11] 賴芳伶對這首詩有截然不同的詮釋，參見：賴芳伶《新詩典範的追求──
以陳黎、路寒袖、楊牧爲中心》（台北：大安出版社，2002），頁146-147。
[12] 常見的敘事詩都是選擇一個值得大書特書的主題或素材，以深邃的思辯
或宏大格局取勝，其實最難寫的還是以生活周遭的瑣碎事物入詩，用敘事
手法將之逐步呈現、推演，如同一齣沒有什麼情節可言的生活短劇。這種
敘事的重心在「敘」而不在「事」，「事」只是一個營造意境的媒介。

有什麼暗示？

　　一般讀者在進入此詩的正文之前，可能略過篇名底下那行不知所謂的副標——「Aorist : 1967」；不過身為評論者，就得設法查出 Aorist 一詞的解釋。簡單說，它是希臘文裡的時態「簡單過去式」或稱「過去不定時態」。「1967」是二十七歲的楊牧在柏克萊念書的日子，當天，他在學院三樓高處憑欄吸菸，一邊咀嚼「希臘文不定過去式動詞系列變化表」的時候，在細雨中看見這幅景象：

　　　　我因此就記起來的一件舊事

　　　　蕭索，豐腴，藏在錯落

　　　　不調和的詩裡。細雨中

　　　　兩個漢子（其中一個留了把絡腮鬍

　　　　若是稍微白一點就像馬克斯）困難地

　　　　抬著一幅 3 x 6 的大油畫從惠勒堂

　　　　向加利弗館方向走，而我在三樓高處

　　　　憑欄吸菸，咀嚼動詞變化

　　　　他們將畫放下來歇歇，指點天空

　　　　或許在討論雨的問題而我甚麼

　　　　都沒聽見。這時他們決定換手下臺階

　　　　我才發現那是一幅燦爛鮮潔的

　　　　秋林古道圖，橫過來一級一級顛著搖著

往下移，以四十五度傾斜之勢——
絡腮鬍子在前步步倒退，右手
緊抓著金黃的樹梢，另外那個人左手握住
一座小橋

我將菸熄滅
中止本來一直在心中進行的
希臘文不定過去式動詞系列變化表
倚窗逼視。那是夾道兩排黃楊當中
最高的一棵，而橋下流水清且漣漪
是秋天的景象，筆路刀法隱約
屬於塞尚一派
乾燥的空氣在凹凸
油彩裡細細流動，接近了
加利弗館大門，在雨中，乾燥流動

不調和的詩裡
蕭索，豐腴，藏在錯落
我因此就記起來的一件舊事[13]

篇名早已預告：懷念柏克萊，讀者的期待視野會自行啓動前閱讀

---

[13] 《時光命題》，頁 12。爲了詮釋上的需要，在此徵引全詩。

印象，繫上楊牧之前寫過的留學歲月，尤其那篇充滿學術憧憬和感念之情的〈柏克萊精神〉。我們真的很想看看楊牧打算從哪個角度或事件去懷念——使他睜開眼睛去關懷社會、信仰知識的——母校（所以忍不住將全詩徵引進來）。「我因此就記起來的一件舊事」是一個懸空的句子，但很顯然的，秋林古道圖的搬運應該是所謂的舊事，至於記起舊事的因由，卻留下一段詮釋上的空白。副標「Aorist : 1967」在暗示「我因此就記起來的一件舊事」與此有關，而且這件舊事足以讓他「懷念柏克萊」。作者的意圖語境（intentional context）往往隱藏在篇名裡頭，如果篇名文字（詩句）重複出現在文本之中，那麼他很可能會在這個句子裡留下明顯的痕跡，進而控制或影響讀者的心理語境（psychological context）和釋義行為。

　　我們暫且假設：多年以後的細雨中，詩人在三樓高處憑欄吸菸，一邊咀嚼「希臘文不定過去式動詞系列變化表」之際，偶然「記起了」這幅陳年景象……如果同時又有人搬畫……。「三樓」、「吸菸」、「細雨」、「搬畫」、「Aorist」等五個條件當中，「Aorist」最具備召喚這段特殊記憶的功能，應該是記起舊事的必備條件，所以成為副標題。有沒有「搬畫」，是較次要的。楊牧對「起因」的詮釋空間留白太大，可填充物很多，正如伊瑟爾所言：一個文本潛在地擁有若干不同的實現，閱讀決不可能窮盡這全部的潛能，因為每一位讀者將以他自己的方式來填補空白，同時也排除其他的可能性。這個決定如何補白的行為展開了閱讀的動力學，

也印證了文本的無窮性（inexhaustibility）[14]。賴芳伶認爲是古老中國的「秋林古道圖」讓他記起二十年前的那幅油畫[15]，而且還找出此詩的原型〈風景〉（1967）[16]，後者足以印證搬畫事件的真實性（卻不包「秋林古道圖」和「咀嚼Aorist」）。我對起因的看法與賴芳伶不同，如果是一幅中國的「秋林古道圖」[17]引起楊牧對柏克萊的懷念，副標「Aorist：1967」就沒有存在意義。如果「咀嚼Aorist」是楊牧爲了讓新作更具學院味道，而偷偷植入「仿記憶的添加物」，那麼他的懷念就很虛僞，並不符合我的前閱讀印象。我比較傾向於更細膩的「記憶還原」，少作〈風景〉

---

[14] *The Implied Reader.* p.216.

[15] 《新詩典範的追求》，頁 145-146。

[16] 〈風景〉原詩中與〈懷念柏克萊〉相關之處爲：「所以午後憑欄並非只限於／五代或者宋朝。尤其是雨天的午後／……／——在臺階與柏樹之間，兩個漢子／抬著一幅風景畫／黃昏前。咖啡後。細雨」，但此詩沒有細說是哪幅畫，也沒有提及Aorist。原作的發現對新作的詮釋有相當大的幫助。賴芳伶在註釋裡說：「似乎此一介於實相與心象間的景色，一直流連在詩人的意識深處，伺機變形而出。」（詳見《新詩典範的追求》，頁 146，註 31）。「互文性」本是楊牧詩作裡的常態，曾珍珍便分析過多重文本互涉的現象，其中包括《時光命題・劫後的歌》與《涉事・水妖》、《時光命題・心之鷹》與《涉事・鷹》等眾多例子。（詳見：曾珍珍〈生態楊牧——析論生態意象在楊牧詩歌中的運用〉，《中外文學・離和：楊牧專輯》第 31 卷第 8 期（2003/01），頁 161-191。

[17] 楊牧所謂的「秋林古道圖」應該只是一個描述，並非畫的名稱，它屬於塞尙派畫風的油畫。

只是事件的簡明版。

這首詩最高明的筆法，不在「秋林古道圖」的繪畫內容，而在其實虛相錯的感覺經營。「秋林古道圖」原指那張油畫，卻被「右手／緊抓著金黃的樹梢，另外那個人左手握住／一座小橋」的詩句，渲染成一種錯覺，近乎〈天淨沙〉裡的詩意現實（工人微雨油畫，臺階小橋樹梢）。接著又有三處相當精妙的詮釋縫隙，讓整個敘述情境更加真幻莫辨——「倚窗逼視。<u>那是夾道兩排黃楊當中／最高的一棵</u>，而橋下流水清且漣漪／是秋天的景象，筆路刀法隱約／屬於塞尚一派／<u>乾燥的空氣在凹凸／油彩裡細細流動</u>，接近了／加利弗館大門，<u>在雨中，乾燥流動</u>」。

我們的閱讀活動可以被描繪成一種透視（perspectives）、前意向性（preintentions）、回憶（recollections）的萬花筒。每個句子都包含了對下一個句子的前景／預觀（preview），形成一種對即將到來的事物的「取景器」（viewfinder），所以我們的閱讀活動會在句子的思想中流動，從上一個句子預想下一個句子的意義，一旦兩者失去預觀中的關聯性，被中斷的閱讀心理便產生正面（驚喜）或負面（氣憤）的情緒。每當思想流動被始料未及地打斷時，我們就獲得機會來發揮想像力，在訊息之間建立新的聯繫，以填補文本留下的空白[18]。「倚窗逼視」是一個取景器，從詩人俯看的敘事方位，到「<u>那是夾道兩排黃楊當中／最高的一棵</u>

---

[18] *The Implied Reader*. pp.215-216.

」，在句子與句子相互銜接處，毫無進入繪畫內景物的預警或前兆，比較像在描述搬畫工人行經處的楊林景致，直到「筆路刀法隱約／屬於塞尚一派」才教讀者猛然驚覺，原來在談畫的內部風景。這個逆轉，令人措手不及，卻因此產生超出期待視野的驚喜，回顧，再重新調整出正確的閱讀印象。到了「乾燥的空氣在凹凸／油彩裡細細流動」又一變，「凹凸油彩」是超越視力的顯微結果，乍讀之下，好像現實中真有那麼一陣「乾燥的空氣」細細流過，其實不然，那是詩人的敘述從原本就很細緻的視覺，進一步昇華到更精微的冥想／臆想——是畫裡的乾燥空氣在凹凸油彩上流動。當它（已經無從分辨是「想像的氣流」或「現實的搬運」）接近加利弗館大門時，現實與冥想正式合而為一，「在雨中，乾燥流動」。

　　讀到這裡，我們終於明白此詩最前與最後三行的詩句，所謂「蕭索，豐腴，藏在錯落／不調和的詩裡」是指：秋林古道圖的蕭索景象，跟學院中微雨運畫的豐腴詩意，在歲月裡交錯成一段真幻莫辨的記憶；多年之後觸景生情，又將之寫成一首真幻錯落的詩篇，去懷念一九六七年的柏克萊。就事件而言，實在沒有什麼值得懷念之處，楊牧卻花了相當大的篇幅去寫這麼一個稍縱即逝的時光片段。張芬齡和陳黎認為：「雖然楊牧的詩作常含有敘事味，事件的發展過程絕非詩的主體，詩人喜歡將事件作內向的情感投射，透過意象抒發自身的抽象思維，他企圖捕捉的是事件背後顫動他心弦的某個形象、聲音、色彩、情緒、生命姿態或情

調。」[19]

　　文學文本需要讀者的想像，去實現相續的句子系列結構所預示的相互作用[20]。詩人在文本中刻意留下若干詮釋的縫隙，好讓讀者展開一己的詮釋活動，完成最後的連貫閱讀。至於這幅在記憶中持續搬畫的景象，是否暗中契合「不定過去式動詞系列變化表」的意涵，或只是一個詮釋上的陷阱，都很難說。

三、緩慢與靜止的時光影像

　　闡釋的諸多挑戰和快感之一，是發現「準確的翻譯」，發現使我們能夠對文本進行認知與理解的一個符碼，聆聽文本把自身重新組織成我們新的理解系統時發出的無數「咔嗒、咔嗒」的信號聲。所有文本無論怎樣看，實際上都為闡釋者構成了障礙，都是企圖對闡釋者採用的任何翻譯模式予以抵制的材料。我們這些學院派闡釋者自然要為一些頑固的材料所吸引，但我們顯然認為所有頑固的材料都是能夠理解的，儘管最終揭示的一切都必然是頑固的。實際上，要進行解釋的欲望和信念就是促成最佳批評的前提。但是，由於總是假定一切都是可以解釋的，所以，我們忽

---

[19] 張芬齡、陳黎〈楊牧詩藝備忘錄〉，收入林明德編《台灣現代詩經緯》（台北：聯合文學，2001），頁 240。

[20] *The Implied Reader*. p.214.

視了這樣一種可能性，即，有時頑症也許是不可克服的。[21]

　　詮釋障礙多半來自詩人在文本中留白的篇幅過大，甚至產生意義連接上的斷裂與流失，讀者便無從獲得足夠的訊息去進行他的詮釋。《時光命題》裡難解的詩作不少，譬如〈驚異〉（1992）、〈抒情詩〉（1993）、〈新歌〉（1996）、〈象徵〉（1996）等。作者意圖是否能夠很準確地在文本中完成應有的傳達，是解讀現代詩的一大問題，楊牧在最新的一本評論集《人文踪跡》（2005）的〈自序〉中說：「文學作品無論其啟闔擅場，在發展過程裡本充滿變數，作者蓄意的理念和結構有時就於情節轉折，或意象呼應處不覺消失了，被另外一些事件，隱喻，或象徵所取代，於是眼前這首詩，這篇小說，似乎並不像我起初計畫的，若有神差鬼使，竟超越了或趕不上預期，所以那詩，或小說，就整體而言，仍存在於一種文不逮意的狀態，所以說是未完成的」[22]。既然有文不逮意的可能性，我們在詮釋楊牧（或任何詩人）的詩作時，就不要太執著於敘述結構上的絕對完整，或主旨與細部訊息之間的緊密關聯。在可詮釋之處，完成合理的詮釋就好，替作者和其他讀者保留一個開放的結果。

　　撇開詮釋問題不談，我們關注在詩的技藝演出，那《時光命題》當中，捕捉光影變化的佳作倒是很多，這首〈構成之一：

---

[21] 詹姆斯‧費倫著，陳永國譯《作為修辭的敘事》（北京：北京大學出版社，2002），頁148。

[22] 楊牧《人文踪跡‧自序》（台北：洪範書店，2005），頁3。

CHIASMUS〉（1995）就有令人驚嘆的演出：

　　久久注視下午的日光這樣

　　遊戲：傾斜並斷然折曲

　　停頓在書和花瓶和ＣＤ等距

　　對稱的角度上

　　那時正通過夢的陣雨

　　並於加強的寂寞罅隙裡聽見

　　生與死對著龍舌蘭激辯

　　關於專一，永恆，愛，慾[23]

楊牧的敘事節奏一向都相當舒緩，有些時候近乎停頓，寫了十幾行還在原來的位置。這種慢鏡頭的視象描述較適合短詩，楊牧的短詩大都是非常舒緩的，彷彿時光隨之棲止在美好的事物上。視覺的棲止，讓楊牧捕捉到更多我們容易忽略的微小事物，此詩的第一段便是很好的例子。文本中的光影變化是立體的，影像的組合形同靜物寫生，器物嚴守各自的方位，一動也不動，緩緩移位的是光線。接著我們沿用上面提及的「取景器」概念去檢視此詩的後續發展，第二段的首句「那時正通過夢的陣雨」把敘述從現實轉入幻境，陣雨的意象穿越等距三角的光影地帶，讓平凡的書房驟變成冥想中的峽谷（書房變成了心房，或心靈的峽谷），這

---

[23]　《時光命題》，頁 140。

也是無預警的精彩演出；詩人接著把聽覺聚焦在抽象的寂寞罅隙
裡，雖然不是什麼出奇制勝的詩句，但接下來的「生與死對著龍
舌蘭激辯」就很醒目，龍「舌」蘭（酒）這個消愁與對話的雙關
意象，把讀者重新帶回原來的敘述氛圍，去重新構築（用伊瑟爾
的說法是：回顧）文本裡的空間內容——獨自在書房裡飲酒，思
索專一，永恆，愛慾等問題。輕盈的時光，不但有了虛實交替的
心谷，更有了思維的重量。看起來，這首詩似乎已完成該有的詮
釋，其實不然，因為後面還有八行（兩段）。

　　在伊瑟爾的理論裡，所有文學文本的閱讀過程都是選擇性
的，潛在的文本比起它的任何個別的實現來得無限豐富，所以我
們對一個文學片斷的第二次閱讀經常產生不同於第一次的印
象。在第二次閱讀中，原本熟悉的事件現在改以另一種新的姿態
出現，似乎不時被修正著，被豐富著[24]。如果我們持續下半首詩
的閱讀（但我不準備這樣做），原先的詮釋結果可能會再度改變，
更不用說把全詩重讀一遍。

　　同樣屬於時光的書寫，〈樓上暮〉（1992）寫的是臨海的黃昏，
夕暉從水平線的高度照射過來，於是楊牧捕捉到更細微的光影效
果：

　　熾烈的陽光急著想休息了，秋天
　　將你頸後隱晦的毫毛絲絲辨認

---

[24] *The Implied Reader.* pp.216-217.

　　對著我霜雪儼然的兩鬢剖柚子

　　越剖越虛無。最遠處

　　一遠洋貨櫃輪在水平線上

　　靜止如尺蠖剛剛將腰貼緊雨後的梧桐葉時

　　其實

　　其實一切都是在動的[25]

這首詩讓我想到秋毫，人類不該有秋毫，但大部分中文系讀者閱讀經驗裡的那句來自《莊子・齊物論》的「天下莫大於秋毫之末，而大山爲小」，很自然地干涉我們的詮釋活動，雖然它不會有具體的影響，「頸後隱晦的毫毛」只是非常唯美地浮現在腦海中。可是「兩鬢剖柚子」卻成爲一項詮釋障礙，彷彿被一種很突兀的東西卡住。正如費倫所言：「有時頑症也許是不可克服的」，所以我們先跳過它（用詮釋學的概念，將之「括弧」起來），存而不論。當我們讀到此段最後一句，即使不太確定尺蠖的模樣[26]，也會被「靜止如尺蠖剛剛將腰貼緊雨後的梧桐葉」的強大想像力所征服。進一步弄清楚尺蠖的行走與靜止的樣子後，對「剛剛將腰貼緊」便有了更深一層的體悟——這個「剛剛」是在上一個移動之後，下一個移動之前，非常短暫的靜止狀態。這才充份解釋了

---

[25] 《時光命題》，頁18。

[26] 尺蠖是蛾的幼蟲，行走時身體會先彎成弓型（頭尾兩端相碰），再伸直身子前進，如此一曲一伸，就好像用手指丈量長度一樣，故稱之「尺」蠖。

「其實／其實一切都是在動的」，這才準確讀出詩人對那艘貨輪精妙的描述，和他當下的感受。時光表面上是靜止的，其實在動，如細微的心思。

　　楊牧的敘述從「頸後隱晦的毫毛」到「其實一切都是在動的」，似乎越跑越遠的思緒，不禁令人擔心起來……。所幸接著的神來一筆——「包括我微微作痛的我以及／你的心……」[27]——將近乎斷線而去的敘述方向，完美地迴轉到心靈深處，飽滿地攝入貨輪和尺蠖這兩個成功奇襲讀者期待視野的獨特意象。這是一次奇妙的閱讀過程：揣想頸背的毫毛與夕暉，跳過兩鬢的詮釋障礙，查明尺蠖的動作，再回到前面的詩句重新組裝閱讀的想像。是的，「我們總在幻覺的建構與中斷間產生不同程度的擺盪。在一個充滿嘗試和失誤的過程中，我們重組各種文本所提供的資料；它們是既定的因素，是我們的詮釋依據，我們按照自以為是的作者意欲組裝的方式，試圖將之組裝起來」[28]，不管繼續往下閱讀會產生什麼樣的變化，但這段迂迴、不確定、不完整的詮釋活動，可說是閱讀楊牧詩作的一項特色。在其他詩作中，還有許多陌生的僻字和生態名詞，都是造成短暫閱讀失靈（斷裂）的障礙物。一旦卡住，不妨暫時跳過。

　　文學文本是一種引導讀者想像的指示結構，但這種指示結構

---

[27] 《時光命題》，頁 18-19。

[28] *The Implied Reader*. p.222.

是未完成的，布滿了要由讀者來填補的「斷裂」、「空白」和「不確定性」。這種填補活動是在讀者的個人氣質和文本規定的視角這雙重作用下完成的[29]。閱讀楊牧的詩作，越來越像是一項知識考掘的工程。

最後，我們換個角度和心情來讀一讀這首氣定神閒的〈劍蘭的午後〉（1993）。此詩前半首的語言節奏，即是楊牧典型的緩慢敘述：

> 我想我是懷念著那種時刻
> 劍蘭的午後。或者樓上寂寞
> 沒有人聲，我斜靠記憶坐
> 或者人在院子裡收拾芟茸的工具
> 偶爾風鈴響，打斷
> 倚北牆上淡漠的鐘
> 葡萄藤應該已經延伸到
> 長蘚苔的石階那一邊了
> 也就是赤虬松那邊，空氣裡
> 飄浮著細微薄薄的煙
> 鄰人在試用他們的壁爐——[30]

這是一個完全虛擬的氛圍。感覺就是無比閒適的下午，楊牧將整

---

[29] 伊麗莎白・弗洛恩德著，陳燕谷譯《讀者反應理論批評》（台北：駱駝出版社，1994），頁 139。

[30] 《時光命題》，頁 30。全詩十八行，在此徵引十一行。

個想像的基調奠定在劍蘭上面，但「劍蘭的午後」是非常主觀的，不確定的，沒有人能夠說明或定義那是怎樣的午後。所以值得嘗試。楊牧沒有直接為「劍蘭的午後」提供任何事件資料（即使找出劍蘭的圖片和農產資料也沒有什麼用途，好像也用不上典故），只說「我想我是懷念著那種時刻」，然後作出三種假設（「或者」），三種姿態都很悠閒，很寧靜。偶爾的一陣風動與鈴響，將假設的心境轉接到庭院中的植物和爐煙上面。正確的說法是：透過「葡萄藤」、「長蘚苔的石階」、「赤虯松」和「鄰人在試用他們的壁爐」，拼貼出一個花草繁茂的庭院，完成他心目中最理想的空間造型。所有的事物（甚至鄰人）讀起來就像果真存在的一樣，但一切都是想像——「這樣想像我站在窗前／朝遠處隨意看」[31]。以上種種，組合成「劍蘭的午後」的全部內容，楊牧沒有明確定義它，我們也犯不著強作解人。

約翰·杜威（John Dewey）有一套看法，對此詩的詮釋很有幫助：「為了要感知文本裡的情境，一個觀賞者必須創造自己的經驗。他的創造必須包括能夠跟最初的生產者所經歷的關係相互比擬。如果少了這個再創造的行為，那麼審美對象就不是作為藝術品被感知的」[32]。且看楊牧在詩末所言：「我想我是不記得它的／主題了，但依稀揣摩／風格屬於那種時刻」[33]，多隨興，多

---

[31] 《時光命題》，頁31。

[32] 轉引自 *The Implied Reader*. pp.222-223.

[33] 《時光命題》，頁31。

寫意的一筆。或許我們真該放下所有理性的分析，靜靜讀詩，去
揣摩三種身姿，以及內心那份隨緣而生，絕不強求的渴望，將我
們親歷過或收視過的田園、庭院、書齋影像，將詩人楊牧的身影，
以及劍蘭那種挺拔，略帶孤傲的風姿，全糅合在一塊兒，便能創
造出一個寂靜、閒適的「劍蘭的午後」。不必詳解的詩，有時該
這麼讀。

四、詩的縫隙與空白

　　現代詩的詮釋縫隙與空白，確實可以召喚讀者憑著本身的閱
歷與創意，去填補空白、連結縫隙，建立起嶄新視野的文本結構，
這是讀詩的樂趣。但某些失控的縫隙，或太大的空白，會讓讀者
的詮釋失去準頭，遠遠偏離作者（詩人）的意圖語境，產生謬論
或嚴重的誤讀。有很多現代詩是基於詩人本身技藝上的缺失，而
無法順利解讀；然而有些詩作卻是詩人在縫隙與空白處特別用心
經營，反而成就一種閱讀上的神奇效果，楊牧便是其中的一位高
手。不必刻意為之，一切渾然天成。這其中的原因很多，首先是
高明的現代詩語言技巧，以及古今漢語的精闢修為；當然也少不
了本文第一節所謂的「前閱讀印象」。

　　楊牧在寫詩的時候，大可不必顧慮讀者（尤其學者）詮釋的
問題，因為他經由散文和詩論（以及結集時必備的〈後記〉），全
方位建構出清晰、完整、無從切割的文學風格與人格，當「楊牧」

被提及時，是一個由多種文類構成的整體。多種文類之間相互滲透（或援引）的情況，在詮釋成果中，相當明顯，而且有效。當評論者要探討楊牧詩作對花蓮的鄉愁或地誌書寫時，有《奇萊前書》豐厚的訊息支援；要討論他的詩歌美學，又有《一首詩的完成》等多部詩文論述相互印證。

在豐沛的外圍訊息之奧援下，楊牧詩作的閱讀行為，變得十分複雜。越是熟悉楊牧的讀者，越不能確定自己是否——就詩論詩——讀懂了楊牧的詩。

楊牧對自己的詩作有一種特殊的體悟：「我有時回頭檢視自己的創作，眼看它奈何就在那特定的一點戛然終止，更何況仔細觀察它整體發展的脈絡，行止間不乏讓我覺得詫異，驚訝的地方，風格取捨既有繁簡，甚至文氣造句與遣辭也多有不能言傳，勢非得已的時候。就是因為這樣類似的體會，使我覺悟，原來所有文學作品都是未完成的」[34]。這種未完成狀態（或創作意識），讓他的詩成為「一件開放的藝術，可以讓他人繼續思考，詮釋，包括作者自己，在重來的時候」[35]。

顯然楊牧並不期待讀者從頭到尾，逐行逐字地肢解結構、分析修辭。一鎚定音式的文本評析，對楊牧詩作的解讀是一種很大的傷害。現代詩的詮釋行為本身就必須開放，在努力解碼之餘，

---

[34]　《人文踪跡・自序》，頁4。
[35]　《人文踪跡・自序》，頁5。

要為作者、自己（詮釋者）和下一位讀者留下足夠的彈性，去誘
發、引爆更多的想像。

發表：台灣當代十大詩人研討會，2005.11

刊載：《當代詩學年刊》第 2 期，2006.11

台灣後現代主義詩學的評議和演練

——評簡政珍《台灣現代詩美學》

1.

「後現代」一詞，對台灣文學史的最大意義在：斷代。

以一九八六年羅青發表〈七〇年代新詩與後現代主義的關係〉和〈詩與後工業社會：「後現代狀況」出現了〉，作爲台灣當代文學進入後現代時期的里程碑，是很片面的斷代角度，因爲這兩篇文章只是一支起義的號角，影響有限。真正構成理論的傳播與導讀效應的，是在一九八七年六月號開始在《當代》（第 14期）分章刊載的詹明信（Frederic Jameson）在北大的後現代演講稿——《後現代主義與文化理論》，這一年哈山（Ihab Hassan）和詹明信先後來台講學，更引發一股銳不可擋的「後現代思潮」。詹明信《後現代主義與文化理論》台灣版中譯本在一九八八年出版，加上哈山製作的「現代主義 v.s.後現代主義的簡表」，讓有

志此道的新銳作家有了很好的讀本。此後數年間,部分新詩和小說新銳作家及評論家,奮力高舉後現代的旌旗,企圖引領文壇之風騷,當然也誘發較保守的主流論述的反彈。

本文首先要探討的,是潛藏在盛況底下的詩史斷代焦慮。

曾在八〇年代末至九〇年代初發表過數篇台灣後現代詩評論的孟樊,在《台灣後現代詩的理論與實際》(2003)的「第一章:台灣後現代詩史‧第一節:主流論述的史觀」,即針對以「年度詩選」為話語中心的台灣詩壇,提出猛烈的批判:「主流論述建構詩史的動機及企圖,不容忽視,年度詩選的編纂便是最為明顯的例子,瘂弦為《八十一年詩選》所寫的底下這段序文(〈年輪的形成〉)說得最為露骨:『把文壇一年內的創作活動做一番回顧、整理、評鑑,選出優良作品出版年度選集,可以說是一項功德,這不但可以藉此保存文學的編年史料,也為文壇建立一種批評制度,對於詮釋作品、匡正文風,均有莫大助益』……主流論述以年度詩選分段架構詩史的用心,在瘂弦的這段引文中昭然若揭」[1]。瘂弦這番話,可以從(孟樊的)負面角度解釋為前行代詩人對台灣詩選與詩史的掌控,也可以從正面解讀成一種意在「匡正文風」品管心理(即便如此,後者在新銳詩人眼裡還是免不了淪為保守、老舊的詩學代溝)。換言之,主流論述企圖延續他們的政權(審美標準與審判權),新銳評論家和詩人企圖透過

---

[1] 孟樊《台灣後現代詩的理論與實際》(台北:揚智,2003),頁 17-18。

後現代鴻溝，跟前輩／主流勢力一刀兩段，完成創作和論述上的
雙重斷代。

　　孟樊（及林燿德等同輩詩人）的史觀，建立在思潮的變革與
更替，是一種很強烈的，世代交替的革命意識；在他們看來，後
現代絕對是一個斷代的首要憑藉，一如之前的超現實主義。可是
那群曾經歷經超現實主義運動（或革命？）的老詩人，成為詩壇
主流份子之後，卻無法接受後現代詩的美學操作，堅持以自身的
「現代詩美學修為」來控管詩壇新一波的變革，自然引起新銳詩
人和評論家的不滿。「主流論述所建構的這樣的『詩史』，反映的
是一條以強調藝術美的形式主義為主的美學發展脈絡，骨子裡流
的仍是『修正了的現代主義』（modified modernism）的血，但這
絕對無法反映出八○／九○年代台灣詩壇真正的狀況」[2]，孟樊
舉了一個很有力的例子：「一九九五年《聯合文學》第一二六及
一二七期曾一口氣刊登了夏宇的四十七首詩，刊載篇幅之長，可
謂文壇少見，但是《八十四年詩選》卻將之排除在外，……暴露
其對後現代主義的無知」[3]。夏宇那四十七首詩結集成深受讀者
和評論家肯定的《摩擦‧無以名狀》（1995）。由此書逾萬冊的銷
售結果來看，主流（老）詩人與當代（年輕）讀者之間確實出現
不可挽救的美學代溝，孟樊等人的焦慮是可以理解的，但不能就

---

[2]　《台灣後現代詩的理論與實際》，頁 19。

[3]　《台灣後現代詩的理論與實際》，頁 21。

此證明年度詩選主編的美學堅持是全盤錯誤的。

夏宇事件或許是一個很突出的樣本，但也只是唯一的樣本。這個問題，還有很大的討論空間。

九〇年代初期的中文學界沒幾個致力於現代詩批評的學者，相關的學術論文很少，現代詩的學位論文更是不見蹤影，台灣詩壇的批評活動高度仰仗外文系學者的耕耘。於是「年度詩選」及其主編，便成爲一套具有讀者影響力和文學史想像力的權力機器，詩選被視爲詩史的年度大戲，主編掌握了詩史的重要發言。這都是事實。那些打著後現代旗號的詩評家，企圖將後現代升格爲詩壇的主流論述，本身卻存在著許多盲點和弊病，包括自己對後現代理論的了解，以及批評策略的負面效應等等，一直以來都沒有得到全面性的深刻探討。

外文系學者出身的詩人簡政珍，透過大量西方後現代主義一手文獻的研究，以及創作經驗中累積出來的慧眼，在《台灣現代詩美學》（2004）一書中花了百分之四十二的篇幅，對歷來的台灣後現代主義詩學，進行嚴格的評議與理論修正，並透過大量的例子，實際演練了一番。

2.

前衛是不容質疑的，壓制前衛思潮的都被視爲保守份子；但自詡爲前衛詩人或先鋒詩人的年輕創作者，往往過度沉溺於嶄新

的詩歌美學或技藝當中，失去反省的能力。首先，簡政珍從台灣詩史的發展軌跡中，歸納出一個殘酷的事實：「前衛的思潮的戲要，有時是想像與詩藝不足的障眼法。這也就是為什麼『超現實』的詩風過後，有些詩人已經無法繼續創作，即使有少數作品問世，更暴露其潛在想像的蒼白。同樣，這也是為什麼有些詩人針對後現代的『標籤』作詩，以迎合批評家設定的批評藍圖，有些詩人卻能在詩作裡展現後現代細緻的『雙重視野』」[4]。當年超現實主義提供了一些美學的操作模式，以及具有強烈標籤功能的技藝，讓台灣的年輕詩人套用，寫出所謂的超現實主義詩篇，凡是批評它的都是落伍的保守份子。如今，後現代詩潮依據哈山的「簡表」以及據此延伸出來的「台版後現代詩論述與批評」，再度重演昔年的光景，怎麼不教人憂心？

　　接著簡政珍談到糟糕的「標籤」問題：「台灣後現代詩論述，經常以『標籤』作為後現代的圖騰。詩人配合標籤寫作，批評家根據標籤選擇作品；彼此心照不宣的『合作』下，『製造』了台灣後現代詩八、九成的詩作。由於『標籤』倒果為因的指標，這些作品很難跨入美學的堂奧」[5]。這段批評非常嚴厲，卻是事實。

　　「標籤化」的後現代風潮，並沒有多少詩人認真研讀過後現代主義的原典，沒有思考過一個新的主義／思潮的正負面因素，

---

[4]　簡政珍《台灣現代詩美學‧自序》（台北：揚智，2004），頁iii。

[5]　《台灣現代詩美學‧自序》，頁v。

某幾位學者從學術泊來品裡頭找出一組「後現代標籤」，某些急
於成名的投機詩人便按照評論準則和所需的元素，來「製作」符
合標籤規格的（偽）後現代詩。這些詩作只考慮理論條件的契合
度，不問好壞。簡政珍認為：在確立一首後現代詩的同時，它必
須是一首值得討論的好詩，足以跨入美學的堂奧，「不論『超現
實』或是『鄉土寫實』都要經過語言收納的門檻，才能進入美學
的殿堂」[6]。這個美學上的堅持，卻是當年的後現代評論家完全
棄之不顧的門檻。那是一個不談品管，只看型號的前衛詩歌大賣
場。

　　如果從這個角度來審視八〇年代末期以降的「後現代詩
潮」，就直接影響到斷代的份量或資格。首先，必須要有足夠的、
達到一定美學標準／水平的後現代詩（而不是符合標籤條件的後
現代詩），方可構成起碼的斷代規模；其次，後現代詩及其美學
本質，必須經過長期而且相對完整的討論，而不是像羅青那樣找
幾個符合西方後現代文化準則的台灣社會現象，就草率宣稱台灣
後現代時期的來臨。

　　簡政珍指出「台灣詩壇八〇年代之後，經常被稱為『後現代』
時代，其實，這個名稱是個誤導。很多的好詩，並不能以『後現
代』概括，而在概括名稱的篩選與籠罩下，詩史變成以『主義』

---

[6] 《台灣現代詩美學‧自序》，頁iv。

為取向的犧牲品」[7]。這是一個很有見地的史觀，過於強調單一的主義，它的美學遮蔽性對詩史是一種傷害。我們或許可以承認八〇年代末期的台灣文壇是後現代主義崛起的重要時刻，但它畢竟是局部的（所有前衛的思想都是局部的），不足以概括一九八七年以降的台灣文學史全貌。然而，羅青、孟樊等人的意圖正是以偏蓋全，透過後現代的美學基準，篩除掉所有非後現代的主流論述及其詩篇。

關於後現代（詩）理論的重新討論與定位，是必要的。

簡政珍對台灣後現代詩美學的評議分兩個層面：（一）直接展開西方後現代主義詩學的討論；（二）糾正台灣詩評家的（台式）後現代論述，進而提出「後現代的雙重視野」，以及創作文本的詮釋演練。為了避免再度陷入前行者的標籤化困境，簡政珍分別從：「結構與空隙的辯證」、「意象與意義的流動性」、「後現代意義的有無」、「意象的嬉戲性」、「不相稱美學」等角度，重新討論後現代詩的特質。本文不打算全面討論簡政珍的各項論述，僅鎖定其中最重要的一項，來檢驗此書在理論和詮釋上的建樹。

台灣後現代詩在創作形式和理念上，最令年度詩選主編深感憂慮的，恐怕是意符遊戲、拼貼、拒絕深度、無意義、即意演出等諸項。張漢良在《七十六年詩選》（1988）大膽肯定了後現代詩潮之後，張默隨即在《七十七年詩選》（1989）大聲呼籲：「不

---

[7] 《台灣現代詩美學‧自序》，頁iv-v。

論任何流派，只能風行一時而難以長久，因此企盼時下某些年輕作者，不必過於眷戀某一教條或主義，而把自己的本性迷失」[8]，接著是八十四年度的編委們對夏宇後現代詩「對既有語言規則懷有恨意、蓄意破壞」[9]，「經常形成一堆無意義的文字」[10]，更是不以爲然。這項「意符遊戲」是一種雙方的（也是雙重的）誤解，也是台灣後現代詩在接受史上的一處致命傷。（孟樊曾大力標榜此道，因此曾受到奚密的極力批評）。

簡政珍以較複雜且多面性的「嬉戲」一詞，取代固有的負面詞彙──「遊戲」。他的論證上溯至人跡罕至（甚至被前衛詩人視爲落後地區）的新批評。他指出新批評的「精讀細品」（close reading）可以讓讀者發現文字玄奧的天地和詩人的精緻巧思，文字裡重疊了豐富龐雜的意涵，然而如此精深的研究同時又是一道令人卻步的門檻，最能令讀者充滿挫折感[11]。後現代主義美學裡，擁有「自由放鬆」意涵的play或playfulness，正好是新批評對文字的「嚴謹」和「嚴肅」的反向運作[12]。從最表面的效果來

---

[8] 張默〈導言：收放之間展新貌〉，《七十七年詩選》（台北：爾雅，1989），頁 10-11。

[9] 白靈〈詩的夢幻隊伍──《八十四年詩選》上場〉，《八十四年詩選》（台北：現代詩社，1996），頁 6。

[10] 《八十四年詩選》，頁 6。

[11] 《台灣現代詩美學》，頁 221。

[12] 《台灣現代詩美學》，頁 153。

看，「嬉戲」絕對是衝著「嚴肅」而來的，尤其在奉寫作（文章）爲「經國之大業、不朽之盛事」的漢語文化地區，「遊戲」是非常要不得的創作心態，它在先天上把自己囚困在「文字／意符遊戲」的讀閱雷區，對整個後現代美學的傳播，形成一道很大的障礙。

如何在主流詩人與廣大讀者對play的負面認知裡頭，挖掘出有說服力的價值，是一個必須解決的難題。簡政珍對「嬉戲」的雙重性有非常精闢的詮釋：「後現代詩的嬉戲有時是自我的揶揄；有時聲東擊西、避重就輕地自我反思，而反思也可能是迴光返照下故意扭曲的身影，……當讀者看出真正可笑的對象時，他會感受到『嬉戲』的嚴肅感。但所謂的嚴肅，所呈現的形式與效果與新批評的時代迴然不同後現代是在看似不正經、不嚴肅的嬉戲中暗藏一般批評家所看不到的嚴肅」[13]。這段陳述，有效消解了「嬉戲」一詞難免存在的——嬉皮笑臉——遊戲心態，將膚淺的書寫行爲導向另一種更深層的嚴肅感，文字的嬉戲遂成爲悲喜莫辨的小丑美學。

這還不夠。簡政珍進一步把嬉戲美學的詮釋，提昇到充滿人生的無奈和無力感的「苦澀」層次：「後現代詩引發的笑聲事實上使詩趨向『悲喜交雜』。某方面說來，『文字的嬉戲』是悲常『寫實』的書寫，因爲後現代的人生，有層層疊疊哭笑不得的場景。

---

[13] 《台灣現代詩美學》，頁 223-224。

笑是因為現實的荒謬,但詩人的笑又隱藏了內心無法完全釋懷的心境,面對現實的苦澀,但卻無法棄絕現實。笑是表象的出口,但笑聲中夾雜了苦澀的語調。因而所謂的嬉戲可能是『苦澀的笑聲』」[14]。

這就完整了。「苦澀的笑聲」比任何長篇鉅幅的理論陳述都來得清楚,也更容易理解和被接受。無論是中譯的「嬉戲」或play,都擁有了嚴肅而且豐富的意涵,透過一種「詩的狂喜」表現,顛覆了新批評式的、刻板的嚴肅性。

這項形而上的詮釋對台灣後現代詩研究,有很大的幫助。過去「在台灣,所謂的後現代詩幾乎都在文字或是圖象刻意的扭曲下,成為『形而下』的遊戲。如此的詩作,也是一般批評家趨之若鶩的舉證對象。……夏宇的〈連連看〉要弄了多少追求外表形式的批評家」[15],讀者可以在孟樊《台灣後現代詩的理論與實際》及同輩批評家的論述中找到更多可笑的例子。正是這種形而下的純粹圖象性的「偽」後現代詩,在批評家的鼓舞下,大量出現在新銳詩人的筆下,像林群盛〈「地球進化概論」目錄〉、夏宇〈失蹤的象〉、林燿德〈路牌〉等,跨不過最基本的詩歌美學門檻的詩作,俯拾皆是。

---

[14] 《台灣現代詩美學》,頁 224。

[15] 《台灣現代詩美學》,頁 224。

3.

　　簡政珍在批評台灣的後現代批評的同時，進行了系統化的理論建構及批評演練，如此才能替後現代詩「形而上的嬉戲精神」正本清源。他架構出一個形而上的嬉戲空間，從「詩的嬉戲空間」－「機智與幽默」－「諧擬」（parody）－「苦澀的笑聲」，環環相扣，讓讀者重新認識（後）現代詩創作的奧妙之處。在此同時，他更指出一個很容易被忽略的事實，符合西方後現代主義美學標準的台灣後現代詩，早在後現代思潮崛起之前，就存在了。以「機智與幽默」而言，洛夫早年的詩作就豐於機智，在《石室之死亡》裡就有不少類似的詩句：「你想以另一種睡姿去抗拒／女人解開髮辮時所造成的風暴」[16]。至於被視爲後現代最重要特色之一的「諧擬」，但很少被清楚定義下來。

　　爲了避免淪爲以訛傳訛的錯誤標籤，簡政珍十分慎重地去定義這個名詞：「諧擬（parody）顧名思義是藝傳統自柏拉圖以來的模擬（mimesis）的再書寫。它仍然是一種模擬，但卻是詼諧的語調因爲語言的嬉戲所以詼諧，因爲詼諧，它不是譏諷，不是迎面撞擊的諷刺。它是一種調侃，調侃現實，調侃人生即定的意義，也可能調侃自己因爲仍然是一種模擬，雖不是『再現』，但與模擬的客體虛中有實。因爲必須對客體有『真實』的參考，才能成就諧擬的美學效果，諧擬的再書寫必須以客體的逼真度爲基

---

[16] 《台灣現代詩美學》，頁 233。

礎」[17]。換言之，所謂的諧擬並不是一種憑空的諧趣，它是有別於正面、尖銳、語氣具有攻擊性的譏諷或諷刺，它是帶著詼諧語調和視角的另一種模擬，其根本的精神還是嬉戲，「假如諧擬是將語言的嬉戲朝反諷的路上邁進，苦澀的笑聲則是讓人陷入悲喜兩難的情境」[18]。

然而，簡政珍不斷強調的那種「語調近乎戲耍，但卻是令人正色凜然的嬉戲」[19]，究竟有多少貼上play標籤的後現代詩，真正做到呢？

簡政珍在這一小節「苦澀的笑聲」當中，他很嚴厲地批評了夏宇的詩集《備忘錄》：「夏宇在台灣後現代的舞台裡，經常是燈光的投射點。原因無他，她寫了甚多文字遊戲的作品。這些都是一些最輕易就能找到的標籤，因而也成了批評家論述的焦點。其實這些作品，就像一些反映現實而沒有美學內涵的詩作一樣，當現實的問題不再，當時代走出『後現代』，這些作品也已經成為消耗品」[20]。夏宇的《備忘錄》確實是眾多後現代批評家的首選樣本，但夏宇跟林燿德、陳黎等人的後現代詩創作，有一個截然不同的因素，林、陳等人是「按照標籤及相關規格」來創作後現代詩的；但夏宇經常被舉例討論的範本詩作，大多是一九七七至

---

[17] 《台灣現代詩美學》，頁237。

[18] 《台灣現代詩美學》，頁238。

[19] 《台灣現代詩美學》，頁238。

[20] 《台灣現代詩美學》，頁240。

一九八三年間的詩作，《備忘錄》在一九八五年出版的時候，台灣詩壇尚未掀起後現代風潮。她的詩風與後現代的契合，完全是批評家們的努力。當時代走出後現代，夏宇再度被不同的批評家大量援引，作爲台灣女性主義詩學的最重要的範本。就以當前的網路世代對夏宇（早期）詩作的流傳與張貼（甚至高價拍賣）的盛況，以及年輕學者對夏宇的普遍肯定[21]來看，《備忘錄》非但並沒有成爲消耗品，反而成爲某種「聖經」。倒是林燿德、林群盛等人的後現代詩，就如簡政珍所言，早已成爲詩史的明日黃花。

　　其次，關於「批評家的焦點似乎影響了夏宇部分後來的詩作方向，文字的遊戲洶湧成浪」[22]的說法，未必能夠成立，反而是夏宇的詩牽著批評家的鼻子走。

　　我們比較難判斷的是：夏宇長年旅居法國，會不會因此吸收了法國後現代主義詩歌的元素，在台灣以開創性、領導性的面貌出現，而成爲最前衛的後現代詩人？（就好比她那本必須由讀者自行剪開裁切邊方能閱讀的詩集，這種概念與形式早在五〇年代的法國就出現過了。）除了夏宇部分尚留有爭議的空間，簡政珍對其他後現代詩人的批評都相當有說服力。

---

[21]　近幾年來曾經撰文專論夏宇的年輕學者，主要有：李癸雲、簡文志、林秋芳、洪珊慧、陳柏伶、馮慧瑛、張嘉惠、陳惠玲、孫瑋騂、林芷琪、王正良等十餘人。

[22]　《台灣現代詩美學》，頁 241。

4.

　　《台灣現代詩美學》一書，無論在後現代詩學的理論分析、導讀、詮釋，都超過國內的相關學術著作，更修正了讀者對後現代理論的若干誤解，可說是後現代主義詩學最完整、深刻的論述。

　　第一個原因是簡政珍直接閱讀，並充滿掌握了許多西方後現代理論的原典；其次，簡政珍有別於孟樊《台灣後現代詩的理論與實際》過度沉溺於後現代美學的書寫心態，而失去客觀的自省與批評，他對後現代始終抱持著超然的批判態度，因此更能夠發現台灣批評家的缺失；其三，他沒有借此斷代的焦慮，反而能夠兼顧文學理論和詩歌美學之間的平衡；其四，此書的寫作，以文學院的師生為預設對象，所以在陳述時力求詳盡、清楚；最後，也是最重要的一項主張——「雙重視野」，讓上一代曾經受困於「標籤化」或「表列化」的讀者，以及新一代對後現代依舊陌生的讀者，更能把握住後現代的「精神」——一個充滿批判性和自我反省的雙向辯證。「雙重視野」的獨到見解，也讓這部《台灣現代詩美學》成為台灣現代詩（和後現代詩）美學，最重要的學術專著。

發表：兩岸中生代詩學高層國際論壇與簡政珍作品研討會，2007. 03

刊載：《書目季刊》第 40 卷第 4 期，2007. 03

撞擊的聲音像黎明

——李進文《一枚西班牙錢幣的自助旅行》

的深層閱讀

　　台灣文壇的世代交替一向都十分緩慢、平和，從來沒有產生巨大的裂變，純文學的群眾運動在這片土地上似乎找不到凝聚的方式和理由。每年總是有一些新的名字在各大報副刊漸漸曝光，尤其兩大報文學獎——中國時報文學獎和聯合報文學獎——更是文壇新人最佳的舞台，雖然已經不再像七○和八○年代那樣「一獎成名天下知」，但在此依舊可以有效累積它的掌聲，成為各家出版社網羅新秀的主要管道。近幾年，除了兩大報文學獎、教育部文藝獎等歷史悠久的大獎之外，各地方文化局紛紛創立本身的文學獎，其中又以全國性徵文的台北文學獎最具公信力。超高的獎金加上媒體的合作，它的聲勢扶搖直上，重要性僅次於兩大報文學獎。九○年代後期以降的台灣文壇，文學獎確實造就了

許多文壇新秀。

　　在這個日漸通俗化的閱讀市場，重要的新詩獎便成爲最佳發表舞台，得獎詩作的「發表效益」遠非一般常態發表的詩作所能企及。幾乎可以這麼說：台灣詩壇的新秀，都必須經過詩獎的洗禮，得了幾次大大小小的詩獎之後，自然脫穎而出，所以每一位新秀的個人簡介裡面都掛著一連串的獎項。

　　李進文（1965-）在一九八五年開始寫詩，十年寒窗，一九九六年始以〈一枚西班牙錢幣的自助旅行〉獲得第十九屆中國時報新詩評審獎，獲得詩壇的高度矚目；翌年再以〈價值〉拿下第十九屆聯合報新詩首獎；九八年又以〈情詩〉贏得第一屆台北文學獎新詩評審獎。三大詩獎加冕之後，李進文逐成同輩詩人中最突出的代表詩人之一。一九九八年七月，李進文出版第一本詩集《一枚西班牙錢幣的自助旅行》（1998），這部擲地有聲的詩集收錄了四十五首精選之作，共分五輯：「第一輯：一枚西班牙錢幣的自助旅行」、「第二輯：價值」、「第三輯：在我們的公園散步」、「第四輯：台灣黑熊和雲豹」、「第五輯：棒球系列」。對於這麼一位深具實力與創作力的詩人，我們有理由以較苛刻的態度去審視這部詩集——看看這枚錢的自助旅行，以及文學獎對他在創作上的影響。

　　評論李進文的詩就不得不談到「錢幣」。他先後以〈一枚西班牙錢幣的自助旅行〉和（它的）〈價值〉獲得兩大報詩獎，後來又發表了一首〈猜臉譜〉。基於作者本身的修訂習慣，我們無

法從發表時間來斷定詩稿的創作順序，只能按照其內在的創作軌跡來判斷：〈猜臉譜〉理應位居兩者之間，〈一枚〉是最初構想的原型。

〈一枚西班牙錢幣的自助旅行〉的重心不是錢幣，而是它的旅途。作為書名的〈一枚西班牙錢幣的自助旅行〉，如作者在〈後記〉所言，不僅僅是反映了近幾年來的作者生命情調：「一種既想逃離，卻又真實紮根於海島的複雜氛圍。或許，這是屬於我這一代年輕人的一種強烈的不安定感吧」[1]，它更是詩風的轉振點。其實，旅途只算是此詩的舞台，真正演出的是語言，和它緊扣著音樂擺動的舞姿。

「錢幣」作為此詩的主意象，它象徵著一種生存價值的自我反省、矛盾、選擇，和判斷。值得注意的是：它並非一枚台灣錢幣！為何作者要選擇一枚紋飾華麗的「西班牙」錢幣作為主要的象徵？西班牙銀元是最早流入中國的外幣，對明清兩朝的經濟影響很大，鴉片戰爭前後在洋元中更是占有主導性位置。然而，曾為數百年前海上殖民強權的西班牙，還能夠賦予這枚遠行錢幣什麼樣的歷史與文化意涵？相對於悠遠、渺闊、烽煙四起的歐洲殖民帝國發展史，寶島台灣的諸多歷史大事都顯得不夠精彩，但我們總是在這個漩渦裡反覆爭辯，滿紙的陳腔濫調、舉室的無謂煙

---

[1] 李進文《一枚西班牙錢幣的自助旅行》（台北：爾雅出版社，1998），頁155。

確。這座小島是否需要透過一個更老練、更恢宏的文化視野來突顯自身的問題與現況？西班牙錢幣在這首詩裡頭，有不容忽視的作用。首先，它最吸引人的是那分古典、悠雅的（西方）文化姿態：

> 她舞蹈，她輕易迴旋南下以哀怨的弗朗明科方式
> 姿勢是草原……窗外有風說話的樣子像皮鞭
> 聲音是橄欖色，清脆如爆裂命運的花生殼[2]

絢麗，而且充滿動感的「弗朗明科」舞姿，開啓了讀者的閱讀視野，此詩的前三行成功塑造一個旋律感十足，聽覺效果非常突出的主意象。李進文用輕快如舞蹈的語言，以及鮮明有力的事物，來刻劃一枚旋轉中的錢幣；在抽象和具象之間的轉換中，不但「風說話的樣子像皮鞭」，甚至出現「聲音是橄欖色」的大膽想像。「清脆」地「爆裂」的，恐怕還包括讀者的驚歎。

　　作者似乎想用她絕美的弗朗明科舞姿，穿越、突顯台灣社會的諸多亂象。不管從哪個角度來解讀，這枚西班牙錢幣，都足以成爲一個可以多元詮釋的意象，並成爲主體意識的載體。就感覺層面而言，西班牙錢幣是華麗、典雅的，沒有銅臭味，絕非美元的通俗感可以比擬。不過，基於台灣消費市場的封閉性，一枚外幣休想在消費行爲中自助旅行，這枚西班牙錢幣根本寸步難行，「自助旅行」的構想完全無法落實，一切只能在腦海裡冥想。這

---

[2] 《一枚西班牙錢幣的自助旅行》，頁 3。

枚錢幣等同書寫者的靈魂，無論她／他多麼優越、自覺，依舊無法「遠行」或「逃離命運」[3]。這趟自助旅行注定成為一齣智者的悲劇。

　　李進文用一枚「錢幣」吸引了大量的想像，在抽象與具象的敘述之間，既埋下線索，又騰出縫隙，每次閱讀都能讀出不同的訊息。這首詩的句子都很長，但長句中又細分成若干意義片段，意象偎著意象，名詞跟著名詞，令人目不暇給：

> 一枚忘記選舉和匯率的錢幣買賣遠行。又突然記起
> 曾經吉普賽和猶太人暗夜釀造的水果酒，其味如悲歌
> 安達魯西亞和此地的意識形態一樣嗜酒，酒瓶子
> 搖晃如島，…………[4]

「選舉」、「匯率」、「意識形態」，乃台灣社會新聞中最常出現的關鍵詞，牽動著各階層的生計，撥弄著各族群的思緒。那是社會現實的元素。「吉普賽和猶太人暗夜釀造的水果酒」，以及「安達魯西亞」卻是遙遠、充滿流浪感、異鄉感的名詞，釀製成酒，便是一種非常浪漫的元素。現實與浪漫交疊在這枚錢幣身上，自然產生矛盾與辯證。中西意象的交互滲透，幾乎成了此詩的主要技巧：「遠處阿蘭布拉宮養著的那口鐘／在饒舌的夜裡，痛飲金門高粱」[5]。技巧，當然不足成為詩的重心，當詩人內心沉痛的聲

---

[3]　《一枚西班牙錢幣的自助旅行》，頁 4。
[4]　《一枚西班牙錢幣的自助旅行》，頁 3-4。
[5]　《一枚西班牙錢幣的自助旅行》，頁 4。

音兌現成詩句時，即有如此精湛的演出：「我鯨魚般的島啊，被浪綑綁，拷問。拳頭如淚滴／一張臉打造一段夢境，……」[6]，形似鯨魚的台灣島，並沒有發展出開闊、浪漫、冒險的島嶼文化，反而被浪綑綁，島上盡是絕望與哀慟的表情。

李進文擅於借著長短句形的變化和換行，在導引讀者的閱讀節奏，同時力圖契合漫漫旅途的內容，這幾項努力讓他的詩語言晉級到另一個層次。所以「當一枚西班牙錢幣掉落」，我們便聽到「堅實，飽滿的回音」[7]。

掌握了犀利的語言，他便把焦點從容地回聚到錢幣上，從其物理性的特質延伸出哲學性的想像與形上思維。於是〈猜臉譜〉一詩的目光便在充滿陷阱的語字之間閃爍不已，其中「有懊悔，有薔薇，有獸有靈……有一階／一階的樓梯聲……有時佇立如鬼、速動如飢餓……／不是鼻，不是嘴不能再透露了」[8]，作者在喃喃的敘述中，營造出豐富、動感、詭異的聆聽／想像空間，一切都很神秘，都符合猜想的條件。這首詩企圖透過「你猜」、「你再猜一猜」、「你再猜」、「你想再猜嗎」、「你還願意再猜下去嗎」、「你還猜不猜」[9]等近距離的敘述，穿梭於意象叢中，看似貼近讀者的心靈，卻在奮力掙脫讀者的思緒。除了直接在敘述中引導

---

6 《一枚西班牙錢幣的自助旅行》，頁 5。
7 《一枚西班牙錢幣的自助旅行》，頁 5。
8 《一枚西班牙錢幣的自助旅行》，頁 38。
9 《一枚西班牙錢幣的自助旅行》，頁 37-38。

讀者去猜想，李進文不斷營構一些謎題式的意象，層層包裹，再悄然剖開：

> 一對真理和謊言在臉的左右或上下，其體味冷漠如世界
>
> 而且不笑，不笑是因為存在那麼可笑？他們
>
> 隔岸打旗語。其間，橋是一道霧。語字充滿陷阱。
>
> 那麼我將告訴你，可能是上下排的皓齒[10]

作者把那些在口腔裡出沒的謎題和謎底，具象化，成為上下兩排「隔岸打旗語」的皓齒，橫跨謎題和謎底的聯想，是可行之橋，卻也是不可測的霧。全詩寫來不但靈巧非常，而且鏗鏘有力，不過這場靈動的幻戲，只是〈價值〉的前奏。

　　〈價值〉一詩再次借助錢幣的意象，思考女性在文化史上的價值。亞當和夏娃的故事、希臘神話、聖經舊約皆成了敘述的背景，當然錢幣還是核心意象。此詩的第一節小標是：「銅幣的正面是夏娃，背面掉落一顆蘋果」[11]，而且此節的前三行即明白宣示：「銅幣輕叩著另一枚銅幣，聲音清澈／而獨特。我用一片晨霧拭去亞當的頭像和蛇紋／然後開始想念自由」[12]。原屬一體／一幣之兩面的亞當和夏娃（頭像），在此不但略去一半，進而「扶正」夏娃的價值與地位。歷史之所以有效隱去她（女人）的價值，而成為「他（男人）的故事」（history），乃因為所有的女人被割

---

[10]　《一枚西班牙錢幣的自助旅行》，頁37。
[11]　《一枚西班牙錢幣的自助旅行》，頁33。
[12]　《一枚西班牙錢幣的自助旅行》，頁33。

裂成最小的單位———一個家庭主婦。唯有「銅幣輕叩著另一枚銅幣」，歷史及神話族譜上的眾女子，相互激勵才能產生反省的共識或共鳴，從銅幣、銀幣到金幣，不斷提升自己的價值。

若就語言技巧而言，〈價值〉來不及突破剛成形的李式詩風，但它卻錘鍊得更精準，長短詩句的音律變化駕馭得更從容；它的觀測點比〈猜臉譜〉延伸得更為銳利且富有創意：

> 我的聲音很好聽，尤其姐妹們聚在一起像風中一串銀鈴
>
> 話題是花不完的零錢——在歷史的族譜，中我是逗點
>
> 逗點也好，那代表長篇神話在喘息之後，將繼續說下去
> [13]

這枚錢幣於是墜落在我們的期待視野之外，卻又「伸拳將自己接住且用力擰碎性別，直到數字流血」[14]；然後在我們想像力的邊陲，高喊：「我是金，撞擊的聲音像黎明」[15]——是的，它的語言沒有礙眼的雜質，宛如一枚金幣落地的清亮聲響。

李進文的詩作單獨存在時，它們各有各的風采，而且常有佳句，如〈愛在光譜的背上行走〉中最長的兩句，真是寫得氣韻飽滿、童趣十足，而且絲毫不覺其冗長：「當窗外的陽光像某類哲學或詩在暖暖的皮膚上插秧」[16]、「不敢透露冬天瘦了是因為枯

---

[13] 《一枚西班牙錢幣的自助旅行》，頁 34。

[14] 《一枚西班牙錢幣的自助旅行》，頁 33。

[15] 《一枚西班牙錢幣的自助旅行》，頁 36。

[16] 《一枚西班牙錢幣的自助旅行》，頁 39。

葉們不斷旅行」[17]。可是一旦眾多詩篇蝟聚成書，問題就浮現出來——意象鋪陳過於繁雜。譬如〈中秋〉一詩：「終於月亮把那人吃下去／饕餮聲血紅地盤旋、翻滾在畏寒的脣齒間／據說：相思就圓滿了」[18]，雷同的情境，新加坡年青詩人韋銅雀只用了一行：「把人吃得瘦瘦月就豐滿了」。這個有趣的比較正好說明問題所在——過度鋪陳，李進文的語言節奏本來就偏向舒緩、柔和，敘述的密度不大，在他刻劃某些生活化情境的時候，難免失之鬆散。

　　接著要談的是這部詩集的取材。「題材廣泛」在成為一個優點的同時，極可能淪為一個不自覺的缺點。尤其貼近生活，語言的態勢自然軟化到某個程序，或柔軟得入口即化，或透明得不必詮釋，這是一個引誘詩人直抒胸臆而導致詩質疏散的陷阱。「第三輯：在我們的公園散步」中的詩作，令人步步驚心。先是〈在婦幼醫院〉裡看到「孕婦們預備帶著圓圓的、飽滿的世界」[19]，精準的語言將情感與意象平衡得恰到好處。再來則是〈我在尋找一個名字〉，「從祖先的稱謂開始／朗誦到你體內剛剛爆裂的小小韻腳」[20]，暖色系的意象和語詞在尋思裡伸縮流動，收發自如；我讀到一位初為人父的詩人，他那有趣且動人的心理狀態：一邊

[17]　《一枚西班牙錢幣的自助旅行》，頁 40。
[18]　《一枚西班牙錢幣的自助旅行》，頁 22。
[19]　《一枚西班牙錢幣的自助旅行》，頁 69。
[20]　《一枚西班牙錢幣的自助旅行》，頁 72。

「找尋最崎嶇的旋律」[21]來替第一個孩子命名，一邊又因為腦筋轉不動了，洩氣地坐下來「剝開豌豆般平凡的名字」[22]。最令人擔心的是〈家庭聚會〉，人多吵雜，光一個「亂」字就足以勒死這首詩；可是李進文處理得當，懂得在「鐵絲網上零散烤著彼此的乳名」[23]，懂得透過一群已經長大成家的童年夥伴的敘述視角，讓回憶像松鼠一般活潑地跳過去，讓祖孫兩輩完全不同的生命姿態，在臥會裡化成不同甜度的音符。所以連孩子們的喧鬧，在此一歡愉的氛圍中，全都成「雀鳥般努力減肥的笑聲」[24]。這輯九首長短不一的家居生活之作，整體的現不錯，情感有輕有重，其中更有幾首可作另個向度的詮釋。

但第四輯的詩劇〈台灣黑熊和雲豹〉就失手了。李進文透過熊與豹的對話（在正文當中沒有旁白或第三視角的情節描述），來營構一則布農族的神話，但密度過大的意象鋪陳，以及哲學性意味稍嫌濃厚的對話，令訊息無法清晰傳遞，所以在詩末附上三百餘字的長篇註，將神話詳細敘述一番。這種寫作策略，深深傷害了詩的質地以及理應具備的敘事技巧。

第五輯的〈棒球系列〉則是一首很特別的組詩：每個守備位置上都各有一組大自然的符號，或為「狡猾的魚」，或為「裸體

---

[21] 《一枚西班牙錢幣的自助旅行》，頁 72。
[22] 《一枚西班牙錢幣的自助旅行》，頁 72。
[23] 《一枚西班牙錢幣的自助旅行》，頁 90。
[24] 《一枚西班牙錢幣的自助旅行》，頁 90。

的荔枝」，偶有「地鼠打著旗號」，甚至聽到「露珠的音色」。李
進文企圖把各壘的攻守角色，在意義上延伸到生命哲學的層次
（這是他的一項構思習慣），就這點而言他是做到了；但全詩寫
來十分平均，沒有明顯的高潮或驚人的創意，所以長達十二組的
隱喻、譬喻、轉喻，卻造成此詩的冗長感。如果只取其中三、五
處來善加經營，此詩勢必更有看頭。

　　李進文的語言風格基本上屬於輕巧靈活，不但斷句有道，且
能夠在長句與短句之間變化出令人讚嘆的音韻，再配上糅合了童
趣與慧心的柔性意象，整首詩讀起鏗鏘、明亮，彷彿是金幣與金
幣相互撞擊，「撞擊的聲音像黎明」。這種語言技術，讓李進文可
以很從容地處理具有思想深度的主題，而且舉重若輕。

　　或許，敏感的讀者已經發現：李進文那兩首獲得兩大報新詩
獎的作品，跟常態創作的詩作之間，存在著某個幅度的水準落
差。這個現象普遍存在於眾多年輕詩人身上，極可能是兩大報新
詩獎的挑戰性，刺激了創作意識，進而提高了自我要求，在原有
的技巧和語言基礎上，大膽取材，奮力一搏。於是在李進文創作
生涯中，出現了〈一枚西班牙錢幣的自助旅行〉和〈價值〉這兩
首出奇制勝的得獎好詩。多年來，兩大報新詩獎雖然飽受到某些
落選者的批評，有些作品確實過於晦澀，但不容否認的是：其中
部分得獎詩篇絕對稱得上台灣詩壇的年度佳作。

　　第一本詩集出版後，他在一九九八年〈大寂靜〉又獲第二十
一屆時報新詩評審獎，二〇〇一年再以〈波赫士看不見我〉獲得

第二十三屆聯合報新詩評審獎,並於二〇〇二年出版第二本詩集《不可能;可能》(2002)。基於本論文的體例和篇幅所限,無法討論他的第二本詩集,但〈大寂靜〉和〈波赫士看不見我〉無疑是其中最好的兩首詩,他的得獎作品始終比常態創作更勝一籌,最可能的原因是:兩大報新詩獎強烈的競技氛圍,有效激發了李進文所有的創意與技藝,讓他達到完美的寫作狀態,才能交出令人驚嘆的好詩。

刊載:《華文文學》61 期,2004.04

想像與回憶的地誌學

——辛金順詩歌的原鄉書寫

前　言、三十年來家國

　　辛金順（1963-），以筆名辛吟松在吉隆坡出版了第一本詩集《風起的時候》（1992），中生代詩人方昂（1952-）爲其中一輯政治詩寫序時指出：「這輯詩嚴格說來政治意味不強，也不算是時事詩，從一九八七年的〈預測〉到一九九二年的〈絕唱〉，辛金順再三吟詠的莫不是已經成爲他的詩的情意結的一種憂患意識，一種莫知所從，莫知所往的民族憂患意識」[1]，這個看法一針見血。

　　長久以來，嚴苛的政治壓力（和法令）造就了馬華創作者

---

[1] 方昂〈暮色中憤怒的燈火——序辛金順的政治詩輯「山風海雨」〉，收入辛吟松《風起的時候》（吉隆坡：雨林小站，1992），頁 1。

的緊箍咒，作家們常將現實中的不滿，轉換成約定俗成，或具有高度辨識率的象徵和隱喻，情緒激動地穿插於文中。然而在《風起的時候》，我們卻讀到一個更模糊、灰暗、自由心證的政治環境，以及與之對立的熱血青年。它是很抽象的，如方昂所言，沒有具體的時政抨擊，只能在字裡行間感受到詩人對現實的失望和憤慨。唯有熱血才是具體的，才是辛吟松「吟誦」的重心，它已內化成習慣性的基調，一旦觸及相關的題材，立即啟動這個二元對立的情緒。

以那首形同序詩的開卷之作〈夜思〉為例，作詩另立副題——「三十年來家國」[2]。充斥全詩的全是沒有具體對象的感性控訴，以及大量的「血淚」、「沉重」、「忿怒」、「悲歌」和「悲楚」；這些關鍵詞，自然凝聚成一顆頭顱，於是一種類似岳飛〈滿江紅〉的情操，在詩作當中開始拋頭顱、灑熱血：「你的頭顱／我的熱血」[3]、「大刀下你落地的頭顱／滿地江湖的白髮／在風中飄揚」[4]；同時又融入屈原式的憂患意識：「這頭顱／不是用來醉酒／三分醉七分醒不如全部清醒」[5]、「沒有夢的年代／子夜醒來／我卻必須學習／在清醒中，如何／安然，睡去……」[6]。

---

[2] 《風起的時候》，頁 3。

[3] 《風起的時候》，頁 24。

[4] 《風起的時候》，頁 25。

[5] 《風起的時候》，頁 35。

[6] 《風起的時候》，頁 49。

詩人總是「子夜醒來」，或者「子夜不寐」，滿耳盡是「憂患裡的水聲」[7]。

　　吳岸在《風起的時候》另一篇序文中便指出：「辛吟松作爲一個生長在今日馬來西亞社會的特定環境中的華族兒子，他的這種孤獨的性格和憂患的情感，並非偶然，因此也具有一定的社會的、民族的典型」[8]。這種典型化，甚至樣板化的憂患意識，確實影響了許多馬華年輕作家[9]。它正好說明辛吟松的家國意識，是一股「華族共同憂患（潛）意識」，甚至於某種「國族想像」，所以我們讀不出他悲歎「三十年來家國」的重點何在，火力全開的政治批判留下滿地的彈殼，卻找不到彈著點。國家概念，在他的敘述中成爲一個虛無的靶，一座矗立在吶喊與悲鳴中的蜃樓。

　　赴台留學之後，正式啓用本名辛金順，創作風格也產生了階段性的變化。廣泛的閱讀，讓他脫離片面的台灣（余光中＋

[7]　〈子夜醒來〉、〈子夜不寐〉、〈憂患裡的水聲〉都是《風起的時候》裡篇名，分別在頁 47,31,51。

[8]　《風起的時候》，頁 27。

[9]　鍾怡雯曾經討論過這個現象，她認爲「華社問題是個『試劑』──只要是馬華創作者，用華文寫作，對華社有或深或淺的使命感，稍一碰觸，則悲觀或感傷的書寫模式便顯色」。見：鍾怡雯〈論馬華散文的「浪漫」傳統〉，《國文學報》第 38 期（2005/12），頁 101-102。或參考潘碧華〈八○年代校園散文所呈現的憂患意識〉，收入陳大爲等編《馬華文學讀本II：赤道回聲》（台北：萬卷樓，2004），頁 292-204。

楊牧）新詩印象[10]，同時吸收兩岸的詩風，徹底更新了他的詞庫。閱讀環境的改變，有助於洗滌前期詩風裡「情感駕馭語言」的缺失，語言變得更凝煉、集中，而且沉穩。他毅然放棄當年的熱血式書寫，甚至隱匿起故國的圖象，「去馬來化」的同時，也「去中國化」（古典中國意象的運用從此蛻減），結果國家不見了，只聽到詩人說：「我以骨骼宣誓／忠於栽種我童年的泥土」[11]。童年不受任何的政治污染，不會有做作的華社激情；泥土是中性的，不管政權更替，它始終是構成家園的最根本元素。

　　大量以童年為題的創作，暗示了一個重要的轉變：隨著國家意象的隱退，成功卸除了糾纏多年的憂患意識，文本中的世界縮小成童年的故居，單純的田園意境。他在《最後的家園‧後記》中表示：「通過詩，我企圖在現實中建構自己失落的家園，童年中的種種畫面，生命裡的一些理想，以及在時間中消逝的人情與物事，交雜穿插成了模糊的意象」[12]，通過詩文本建構的絕對不是現實中的家園，而是文本中的虛構的童年家園。它同時是過去式和未來式。這種「失樂園」的追尋心理，遂成為辛金順詩作的一個核心主題。

---

[10] 辛吟松的散文深受余光中早期散文的影響，尤以〈夜征〉最為明顯；其詩文當中，亦常見余、楊二人的文句或句構。余、楊文風，影響七、八十年代馬華文壇甚鉅，眾多散文及新詩的好手，都帶有幾分陰影。

[11] 辛金順〈最後的家園〉，《最後的家園》（台北：文史哲，1997），頁9。

[12] 《最後的家園》，頁148。

　　三十年「家國」之後，離鄉背井的辛金順把祖國縮小、倒退成三十年前的「家園」。這部詩集不再拋頭顱、灑熱血，而是「用頭顱奠祭寂寞／一如去掉眼睛的兩個窟窿／透視了過去和未來的虛無」[13]，或許是留學歲月的孤寂感，改變了詩人的心境，和詩想。「去背景」後的辛金順，比較自由，沒有負擔。旅台的十餘年間，始終維持相當高的創作質量，不過他的馬華色彩並不顯著，主要的原因是：他長期採取無定向創作，從未努力經營一個突出的馬華主題。

　　辛金順一直都是特立獨行的文人，他從來沒有挪用時下流行的文化理論，去刻意突顯、誇大、本身的離散和飄泊[14]，以迎合某些評論者的口味，因此很難在詩中讀出他的國家意識，唯有從他的無定向創作，可以感受到微妙的流離心境。就詩論詩，辛金順已卓然成家，但他卻失守了「最後的家園」。好不容易等到〈吉蘭丹州圖誌〉系列組詩的面世，才真正看到辛金順終於踏上回家的路。

一、回家的路：吉蘭丹州圖誌

---

[13] 《最後的家園》，頁 116。

[14] 就這點而言，辛金順遠比林幸謙來得自然、真誠和純樸。事實上，配合身份去套用理論，刻意為之的離散書寫，寫作難度並不高，但對於那些缺乏散文創作經驗的學者而言，卻很容易驚為天人。

　　從近三十年的創作成果來分析，可以發現馬華詩人在處理大自然或田園主題的時候，經常採取這三個策略：（一）普遍意義上的田園詩——以情境取勝，詩中景物放諸天下皆準，較沒有特殊性；（二）遊記——針對特定風景名勝，進行遊記體的表面記述，或觸景生情，或借景憑弔某位古人，同時引入大量的古典文學知識和文化資訊；（三）自然寫作——從城鄉對立的議題探討，或從環保（反污染）的關懷角度，進行寓言式的辯證與控訴，是一種主題先行的書寫模式。辛金順在前兩部詩集當中，有相當多的田園詩作，都屬於第一類，譬如《風起的時候》中的〈野望〉、〈村行〉，以及《最後的家園》裡的〈最後的家園〉、〈童憶〉、〈年輪〉等多首，皆堪稱佳作。

　　辛金順在《最後的家園》緬懷童年故土的時候，大多以情馭景，著重於語言、意象和詩趣的經營，還沒有意識到空間內涵的差異性，以及地方感（sence of place）等問題，所以我們在詩中讀到的是意境，而不是一個具有特殊血肉和主體情感的「地方」，那是一種「無地方性」（placelessness）的原鄉／鄉土書寫，跟他人筆下的田園詩沒有明顯的差異。換言之，就沒有獨特性。

　　無論國家或家國，都是抽象、虛無的，很多時候它只是筆下的一個詞彙，頂多是個關鍵詞。真正跟我們緊密相繫的，是那片累積了無數生活經驗和記憶的土地。更精確的範圍是：一座城鎮或村莊。它才是鄉愁的真正生產者，可讓我們進一步擴大，想像成一個國家。馬來西亞不會是辛金順真正的鄉愁根源，

吉蘭丹州的白沙鎮才是。直到他發現了這個差異，才能在詩文
本中建構出真正的原鄉。「地方是記憶建構重要的部分」[15]，沒
有明確的地理位置和空間內容，他的鄉愁也是空洞的。

　　這首近一百六十行的長篇組詩，發表在《南洋商報・南洋
文藝副刊》（2003/06/28），不僅僅是辛金順在家國意識上的回歸
與完成，更是他在詩藝上的一次大集結。

　　此詩既名為「圖誌」，本文就用地誌學的角度來分析他的創
作意圖和策略。不過，此詩涉及的地理範圍太廣，包括：道北
（Tumpat）、哥打峇魯（Kota Baru）、蘭道班讓（Rantau Panjang）、
白沙（Pasir Puteh）、瓜拉吉賴（Kuala Krai）、話望生（Gua Musang）
等六個城鎮。其中四個小鎮分布在吉蘭丹州鐵路的四端：最北
端的道北、最西端的蘭道班讓、居中間的瓜拉吉賴、最南端的
話望生；至於不在鐵道上的兩個：哥打峇魯在北部，白沙則偏
東部。換言之，這六個城鎮幾乎跨越全境。丹州面積差不多一
萬五千平方公里，不是一個小地方，辛金順為何要選擇這六個
散布四方的城鎮來構組成詩？

　　作者跟地方之間的關係，在文本中沒有被清晰的勾勒或交
代，比較能夠確定的只有：作者童年居住在白沙鎮，此外就很
模糊了。在其餘五個城鎮的敘事中，主體的角色被抽離在地景

---

[15] Tim Cresswell著，徐苔玲、王志弘譯《地方：記憶、想像與認同》（台北：
群學，2006），頁224。

和歷史事物之外，成為角色超然的宏觀敘述者，向讀者訴說它
們的地理位置、文化特質、鄉土風情。我們必須重新翻閱他早
幾年出版的散文集[16]，以及再晚兩年才發表的另一首組詩〈記憶
書冊〉[17]，才大致弄清楚這六個城鎮的地緣關係。

　　辛金順選擇了六個地點作為原鄉圖象的地景，先天上就削
弱了地誌書寫的條件。兵分六路的結果，每一個地景所累積的
資訊含量都很有限；反之，如果他以單一城鎮中的六個生活節

---

[16] 辛金順在散文集《一笑人間萬事》（吉隆坡：雨林小站，1992）當中，
有兩段陳述，可以幫助我們解讀他和道北鎮的地緣關係：「北上丹州北部的
一座野鎮任教」（頁112）、「我在百里外的野鎮中執教，……每到星期四下
午五點，總會搭上回家的長途巴士南下」（頁42）。白沙鎮以北一百里處，
必然是道北鎮（哥打峇魯是州府，不是野鎮），但兩地沒有鐵路聯繫，所以
必須坐巴士南下。丹州是回教州，逢星期五放假，星期日照常上班上課，
所以作者在星期四下午回家。

[17] 辛金順在這首組詩當中，對昔年在吉蘭丹的求學、執教、政黨工作，有
較詳盡的披露，但就詩論詩，〈記憶書冊〉比不上〈吉蘭丹州圖誌〉。前者
太貼近現實，企圖在詩中交代／記述太多個人的事跡（甚至在每組詩末都
附上一則散文札記），以致整體敘事語言和節奏變得沉悶、冗長，遠不及後
者的靈巧多變；而且很多句子都有待錘煉，四個分組小標題就是例子：
「1.1983年，歷史考試」、「2.公共圖書館裡的聲音」、「3.臨教歲月」、「4.閱
讀政治會議記錄有感」，這種詩句不應該出現在辛金順詩中。不過，在〈3.
臨教歲月〉的詩末札記，卻找到我們想知道的訊息：「那年當了五年的華小
臨教，一年一聘，從話望生、哥打峇魯到白沙鎮，不斷遷移的流浪歲月」
《星洲日報・文藝春秋副刊》（2005/07/17）。這才大致解決了〈吉蘭丹州圖
誌〉的城鎮選擇。這兩首組詩，應當二合為一，其研究價值將更可觀。

點，或是很有回憶價值的地景，進行內軸射式的交織，便能完整呈現一個地方記憶的形成。地景並非簡單的視覺產物或建築，它「首先暗示了自古至今對大地的集體塑造。地景並非個人資產；地景反映了某個社會——文化——的信仰實踐和技術」[18]，整個地誌書寫過程就是地方記憶和情感的挖掘與重現，不然它最終只是淪為文本中的一個句子或詞彙。

從嚴格意義上來看，辛金順的地誌／原鄉書寫，偏向為普遍意義（而非單純的個人生活經驗）的「吉蘭丹州圖誌」，借助其中幾處地景的編碼活動，回顧他個人生活經驗裡的吉蘭丹。其次，我們必須注意到這首組詩是跨文化的鄉土書寫（在台灣寫馬華的多元種族文化社會），它的預設讀者在一定程度上，會影響作者的書寫策略。

二、地誌書寫的實踐，或實驗

吉蘭丹是馬來人居多的州，不但有濃厚的回教文化氣息，甚至有所謂的「吉蘭丹土話」。毫無疑問，華人是非常弱勢的族群，尤其在政治上，根本找不到一絲發聲的管道，這裡是伊斯蘭的土地和天空。儘管如此，它畢竟是辛金順生活了三十年的地方，情感的依附，在童年主題的敘述中十分明顯，而且強烈。

---

[18] Mike Crang著，王志弘等譯《文化地理學》（台北：巨流，2003），頁18。

　　白沙鎮是辛金順從小長大的故鄉，自然成爲第一節：「1. 白沙：故鄉的隱喻」[19]。這一節寫得相當樸實且生動，將童年的心境融合在場景當中，企圖重建一個多元文化、田園式的生活空間，所以他在字裡行間植入濃厚的懷舊情感，努力打造「吉蘭丹式」的地方感和區域認同：

> 涉過一條小溪，我們的籍貫書寫在
>
> 膠園的背後，潮州話、閩南音、馬來語
>
> 填入我們的住址，在 Pasir Puteh
>
> 童年遊行，從高腳屋下
>
> 到獨木橋邊，夕陽與被曬乾的
>
> 吉蘭丹土話，輕輕托住
>
> 我們早已遺忘的乳名……[20]

方言和籍貫似乎是華人族群的存在憑證，其餘的華人節慶活動和文化特質不見蹤影，所以前者更得顯孤單和珍貴，也很接近丹州的華人文化實況。文本中居民的身影是隱匿的，僅透過白沙鎮的四大生活用語——潮州話、閩南音、馬來語、吉蘭丹土話——交織出抽象的族群生活面貌。這個敘述策略原本不錯，可惜詩人點到即止，沒有發展成更豐富的文化圖景，方語和土話都成爲「白沙圖誌」中的浮光掠影。

---

[19] 這個小節的題目很接近林幸謙的散文〈黃河是中國的隱喻〉，其實辛金順不必把題目訂得這麼明確，詩的內文已經很充分勾勒出這一點。

[20] 《南洋商報·南洋文藝》（2003/06/28）。

　　辛金順營造的空間內容，頗有馬來村莊的味道，簡樸、炎熱的赤道意象當中，充滿童趣[21]；尤其「被曬乾的吉蘭丹土話」，有畫龍點睛的效用。接著他寫到「我們前行，跨過被剷平的椰林／馬戲團在這裡已從記憶中拔桅遠去[22]／只剩下巴剎古老的倒影，撥開／一河流水的浮雲，等待東北季風」[23]，往昔的空間想像不斷回填記憶的內容，雖然詩人對原鄉的描述大都是視覺性的，但鄉愁的情感卻隱藏在柔軟的語氣背面，讓敘述本身豐實起來，成功建構一座幽靜的失樂園。此節的情感模式雖然偏軟，但正好適用於「回憶式」的地誌書寫。

　　辛金順在此節置入／處理馬來語彙的策略，值得重視。譬如「巴剎」（pasar，傳統菜市場），只有諳馬來語的讀者才懂什麼是「巴剎」，辛金順沒有進一步註解；其次，他也直接用上 Pasir Puteh，也沒有急著去隨文注釋；接著又有 Tok Janggut，完全沒有任何解說。從這三處看來，辛金順毫不考慮「非馬華」讀者的閱讀障礙，直接以馬來文或中譯入詩，讓「白沙」的鄉土性

---

[21] 「童趣」可說是辛金順詩歌語言中，長期經營的一個重要項目，以此為主題的詩作不少。

[22] 此句原出陳克華〈馬戲團自我的青春拔營離去〉，可惜它不是辛金順的原創句子，否則記憶中的馬戲團對整個馬來村莊的生活衝擊和童年憧憬而言，會產生巨大的影響。這個轉借的詩句，讓記憶的陳述片段變得較不真實。

[23] 《南洋商報・南洋文藝》（2003/06/28）。

更為純粹，是值得肯定的創作考量。從詮釋障礙的角度看來，他的預設讀者應該是馬華讀者。

　　另一個問題是地名的中譯。全詩只有第五節「道北」（Tumpat）的中譯能夠產生地理性的聯想——「馬來半島最北的鐵道站」——並巧妙地組織起該節的情景敘述，其他五節就不行了。這是一個高難度的創作難題，中譯與馬來文本意之間，必須有所抉擇，不能強求。

　　暫且拋開中譯不談，我們來檢視地名的馬來文「本意」與內容的聯繫。辛金順在第二節「2. 話望生：想像的禁忌」的首段，即寫到：

> 狐狸在狐狸洞裡出沒，孤寂的光陰圍坐
> 山與山相互守著，禁忌的想像
> 在新村幽暗的燈光裡如枯葉悄悄搖落
>
> 向北，再向北，縮進馬共史的盲腸
> 穿過去只剩下一條大街，承接拋過來的
> 粵語，鄉愁在黃昏裡低頭散步[24]

詭譎的空間氛圍開啟了本節的敘述，再由鄉野傳說轉進「馬共史的盲腸」，從神鬼禁忌到政治禁忌，我們讀到一個被村民列為雙重禁地的「想像結界」，神出鬼沒的馬共跟狐狸在現實與想像

---

[24] 《南洋商報·南洋文藝》（2003/06/28）。

中融爲一體，不過這只是第一層的融合。原以爲「狐狸（洞）」
意象的運用，只爲了形塑馬共及其巢穴的隱秘性和機動性，但
讀到節末的註釋才發現：「話望生」即是馬來文「狐狸洞」的意
思（gua即洞穴；musang是狐狸），原來辛金順更深一層的意象
設計，是將地方釋名、馬共歷史和空間想像，三者疊合爲一。
這一招非常精妙。一如Mike Crang所言：「地景就像文化一樣，
反映出這些元素的匯集」[25]，辛金順將匯集於此的元素，重新鍛
造成一則生動的「想像的」地誌書寫。至於「話望生」這個中
譯詞彙，任誰也沒辦法了。

　　同樣的釋名技巧，也運用在其餘幾節（在此不贅）。單從創
作技術的角度來說，能夠將中譯地名納入敘述之中，產生某種
詮釋效應，是最完美的構想，但這裡同時牽涉到地名的馬來文
原意，在短短二十行的篇幅內，要兼顧二者已經不容易，何況
一共六個地名。辛金順知道只有從馬來地名才可以開採出豐富
的「空間想像」和地方資訊，中譯只能牽強附會，或外掛副題。
吉蘭丹畢竟不是華人／漢語的地盤，從地方和意象系統的馬來
文化成分，可以清楚感受到它的整體環境。「家園感覺的創造，
是文本中深刻的地理建構」[26]，辛金順透過具有嚮導作用的「地
方釋名」[27]去創造家園的感覺，並建立顯著的地方意象。這個宏

---

[25] 《文化地理學》，頁 18。

[26] 《文化地理學》，頁 63。

[27] 地方的釋名活動，必然是想像的。無論是當初命名時的前人想像，或作

觀的書寫策略，無疑是最正確的決定。

　　形塑吉蘭丹的地方經驗，就得用上馬來化的意象系統，讓
文本的空間故事，有別於一般華語詩歌／現代漢詩的風貌。辛
金順的空間描述，不僅僅是策略層面的經營，策略是枝，語言
是葉，作爲一首詩的根本價值，還是它的語言表現。在「3. 瓜
拉吉賴：燕子的圖景」，有一個段落的節奏感非常明亮、俐落：

　　　燕子在電線上排好音符，沿著長街

　　　吹起巴哈 E 小調協奏曲

　　　暮色從山裡跨了出來，在巷口

　　　與匆匆趕集的小販相遇

　　　夜市的燈在此點燃星光，刷亮了

　　　躲在門後的夢想，一些鹽

　　　一些糖，一些太平盛世的想像

　　　栓在一首馬來詩裡，宛如

　　　燕子呢喃，南國如夢的春光[28]

吉蘭丹並不是一個富裕的州，從其餘各節使用的意象／物件足

者在詮釋時加以擴大和延伸的想像，都比實際生活中的地方感觸來得大，
而且富有吸引力。這個一以貫之的創作策略，先天上就決定了這首組詩的
「想像性」略高於「回憶成份」。「地方釋名」的策略，在林春美的系列散
文〈我的檳城情意結〉當中，有令人難忘的演出。

[28] 《南洋商報‧南洋文藝》（2003/06/28）。

以印證這一點。在多條平行的電線上排列整齊的燕子,是馬來西亞各地常見的景象,比喻成音符十分貼切,但「巴哈E小調」卻是一大敗筆,在這個馬來化的敘述氛圍當中,顯得非常突兀(應該選擇馬來音樂)。第二段的意象轉換、斷句與銜接就比較出色,從具象的燈到抽象的夢,再轉入民生物資最簡單的象徵,然後是美好的盛世想像。在長短詩句的交錯下,虛實的事物各就其位,最後安頓在馬來詩歌裡頭,現實的空間內容(記憶)在敘述中再度向詩(虛構)靠攏。這一段大部分詩句,都押了ang韻,音色屬於比較鏗鏘的宏聲,讀起來有明顯的頓挫與轉折。

　　地方,是一個由意義和經驗構築而成的世界,辛金順的鄉愁主要是由城鎮的街景,以及當地人民的生活情景組成,這裡面抽離了他個人的活動身影,換言之:他是從大眾生活視野來描述吉蘭丹。在第四及第五節當中,他再三強調吉蘭丹位處泰馬兩國的邊境,「4. 蘭道班讓:邊界的鄉愁」和「5. 道北:鐵道的格律」都存在著一股臨界點的灰暗意識。在國之邊界,辛金順感受到:「鄉愁在此倒懸成一首歡樂的歌曲,跨過去/回家的路就迷失了自己」[29],如今他離鄉背井十年餘,再回過頭去書寫那個只為探親才回去的原鄉,他會不會找不到自己?

　　我們回到前面的論述觀點──主體的角色被抽離在地景和歷史事物之外,成為角色超然的宏觀敘述者──提出詰問:為

---

[29] 《南洋商報・南洋文藝》(2003/06/28)。

何辛金順沒有植入自己的身影與故事，反而讓鄉愁淨化成原鄉的圖誌書寫？這一點，令人十分納悶。別忘了，他在詩末用一段吉蘭丹語寫成的短詩來收尾，詩中提到「童年的土地，成了／一縷記憶／永不消匿」[30]，就表示他對童年生活過的吉蘭丹，有一份永遠無法割捨的情感，一如在〈最後的家園〉所說的：「我以骨骼宣誓／忠於栽種我童年的泥土」[31]。如果辛金順將自己昔年的身影置入詩中，應該可以營造出更深厚、動人的地方感。

選擇性的鄉鎮圖誌，自然隱含了作者對這六個地方的緬懷與了解；但這些空間內容讀起來，比較像是「想像」和「記憶」的吉蘭丹，經過兩者的雙重淨化和漂白，幾乎變成一座童稚的烏托邦（或失樂園），不僅平靜，更給人一種停格、靜止的錯覺。說得具象一點：文本中的「吉蘭丹」，是一串停止增長的、凝固的時間區塊，所有被描述的事物，都被安頓在不同的時間／記憶座標上，靜靜地攤開全部內容。唯一活動的，是詩人敘說舊事的舌頭。

其實辛金順跟大部分馬華旅台作家一樣，原鄉的生活只屬於過去式，唯有台灣的生活才是現在進行式。儘管後者的內容不斷擴充，但前者畢竟是根之所在，原鄉書寫對每一個離鄉背井的作家而言，都是一條創作生涯的必經之路，不管他走了多

---

[30] 《南洋商報・南洋文藝》（2003/06/28）。

[31] 《最後的家園》，頁9。

久，多遠，終究會回頭看看。

結　語、四十年後的家園

　　地誌書寫是一項很艱難的主題式創作，馬華現代詩當中最成功的例子，是多位詩人累積了二十年時間才完成的「茨廠街詩群」，其他城市的地誌書寫比較不常見。辛金順在〈吉蘭丹州圖誌〉當中，選擇了六個跟他的生命經驗（記憶）相關的城鎮，再以真實的鄉愁、文化想像和地方認同，去重新塑造、填補，或修復想像和記憶中的失樂園——吉蘭丹。這時，辛金順正好四十歲。

　　從抽象、虛無的〈夜思——三十年來家國〉，到肌理結實、足跡清晰的〈吉蘭丹州圖誌〉和〈記憶書冊〉，旅台多年的辛金順總算從另一條迥然不同的道路，重返「四十年後的家園」。歲月沉澱了他的家國意識，從籠統的「馬來西亞」版圖中，焠取出真正屬於自己的「吉蘭丹圖象」；把家國濃縮成家族，鄉愁遂有了動人的歷史縱深和時間的力量。在本文的地誌學論述脈絡之外，辛金順還有另一首龐大的組詩製作——〈家族照相簿〉[32]

---

[32] 這首組詩不宜歸類到近十年來馬華詩人的南洋移民史系列書寫。雖然前半首宏觀的歷史敘述視野，跟陳大爲、林健文的南洋書寫相近似；但後半首卻完全進入個別人物際遇的微觀描述，整體來看，比較接近台灣詩人許悔之的《家族：不完整的台灣家族史》（台北：號角，1991）。許悔之並沒有在文本中完整建構出戰後的台灣社會面貌，歷史的時間脈絡也不清晰，

（《星洲日報·文藝春秋副刊》，2005/05/15），足以見證他持續
挺進的「回家」之路。

　　總的來說，以原鄉為軸，以鄉愁為輻的〈吉蘭丹州圖誌〉，
是一次地誌書寫的實驗性創作，大致勾勒出生命經驗中較重要
的地誌輪廓。生命歷程與空間意義上的不完整之處，可用〈記
憶書冊〉來填補，或當作注解；至於〈家族照相簿〉，則可視為
辛金順個人生命的歷時性（上溯父祖輩的移民史）與共時性（擴
及其他家庭成員）的雙向延伸。三者當中，以〈吉蘭丹州圖誌〉
的各方面表現最為突出，它更是當代馬華詩人在地誌書寫上的
一個重要成果。

刊載：《中國現代文學半年刊》第 9 期，2006. 06

他主要透過自己、父母親、姐弟、二叔公等人的事蹟，以及針對某些地方
的事件特寫，牽引出當時的政治社會背景，多角度相互拼貼，構成一本「不
完整的台灣家族史」。辛金順這首組詩，在敘述策略和主題陳述的比重上，
較偏向《家族》。

風格的煉成

──評呂育陶詩集《黃襪子，自辯書。》

[1]

　　風格是詩人的靈魂。極大部分詩人窮盡一生之力，寫了數百首詩，也無力創造出自己的風格。如果把作者姓名遮住，便淪爲無主的孤魂。風格並不等同於粗淺的閱讀印象，也不能夾帶他人的陰影，那只能稱爲路數；風格比較像是一種足以產生「識別」作用的獨特元素，即是最主要的輪廓，又是支撐著整個寫作生命的骨架；即便是在一個偉大的詩學譜系當中，它必須具備不可取代的獨特性和創造性價值。如果他只是某位大詩人陰影底下的卓越的模仿者，其價值也十分有限。影子永遠只是影子。唯有風格獨特的詩人，才能成一家之言，這個層次的詩人本來就不多，在馬華新詩長達九十年的發展史上，更是罕見，尤其當我們翻開一部兼容並蓄（或有容乃大）的文學大系，這個風格上的問題便一

目了然。

　　馬華新詩在近二十年來的發展實況,絕對不是單純統計詩集的出版量和銷售量足以反映的,更不是那些鬧哄哄的詩歌朗誦活動,或詩人所獲的大小獎項,這都不是詩歌創作的核心價值。要深入且嚴格地檢驗馬華新詩的創作成果,就得回到「風格的數量」上——我們究竟有多少位風格獨特的詩人,他們寫下多少擲地有聲、過目難忘的名篇。

[2]

　　呂育陶(1968-)近二十年來馬華詩壇最受矚目的一位詩人,馬華重要詩評家張光達認為他是「馬華文壇六字輩中最具潛力最優秀的年輕詩人,他將帶領其他新生代的詩人作者邁進 21 世紀,成為世紀交替裡一個分水嶺的文學標桿」[1]。從馬華都市詩和後現代詩的角度來審視,張光達的評價是相當有說服力的;即便從客觀的得獎表現來評斷,先後獲得兩次中國時報新詩獎(以及其他馬華本地新詩大獎)的呂育陶,絕對是六字輩當中最突出的詩人。然而,我真正關心的是風格。被譽為六字輩代表詩人的呂育陶,是否已經具備一個獨特的風格?

---

[1] 張光達〈詩人與都市的共同話語〉,收入呂育陶《在我萬能的想像王國》(吉隆坡:大將出版社,1999),頁 18。

　　要準確讀出呂育陶的詩風，勢必迂迴地繞過一些看似可貴卻幫助不大的資料（好比得獎記錄、詩社經驗，或參與過驚天動地的吟誦等等），就詩人與詩歌的核心價值而言，這些身外之物無法代表真正的價值。有關風格的追尋，必須持續前進，直到它找上核心的詩篇，以及詩篇的核心。在這裡，呂育陶必須用他全部的技藝來說服我們，來震攝我們翻山越嶺而來，尚未安穩的心神。換個角度的說法是：他必須用一種屬於自己的、獨家的詩歌語言，在詩歌文本的世界中建立一個叫「呂育陶」的標誌。

　　從風格的純粹度來檢驗呂育陶的第一部詩集《在我萬能的想像王國》，它比較是一部容許辯解或略過某些缺失的成長之書，雖然書中有多首佳作，但呂育陶的都市詩創作跟同輩的眾多馬華詩人一樣，擺脫不了台灣都市詩的影響；更進一步觀察，便能發現從六字輩的陳強華（1960-）以降，所謂的馬華後現代詩，幾乎所有的創作理念、手法、取材，乃至語言特徵，都在模仿／師法台灣後現代詩人夏宇、林燿德、陳克華等人的詩風[2]。《在我萬能的想像王國》尚不能看到呂育陶自己的風格。但其中的〈獨立日〉（1999）和〈你所未曾經歷的支離感〉（1996）等少數幾首詩作，強烈地暗示了足以自立門戶的潛力。

　　〈獨立日〉本該是一首完完全全的好詩，如果呂育陶能放鬆

---

[2] 這方面的討論，詳見：陳大為〈第七章：九○年代馬華新詩的都市影像〉，《思考的圓周率：馬華文學的板塊與空間書寫》（吉隆坡：大將出版社，2006），頁 163-182。在此不贅。

敘述，將略嫌較冗長的詩句重新排列，改變它的節奏，並轉化掉那三項硬生生嵌入的「條例式詩句」（①②③）。我總覺得這種林燿德式的詩句，是「台式後現代詩」在發展進程中，讓詩歌語言的質地逐步崩裂的致命筆法。〈獨立日〉要是能夠捨棄此陋習，會更上層樓。〈獨立日〉的一小部分缺失，在翌年發表的〈只是穿了一雙黃襪子〉（2000）持續延伸，同樣寫得很重，長長的句子裡填滿剛性的意象，和急迫傳達的陌生訊息（對非馬來西亞籍的讀者來說，那是很難解讀的訊息），讀起來要有耐心。此詩不容小覷，它非常嘹亮地展現了呂育陶在政治詩方面的天份——敘事的力道。或許它還不能被稱為「道德批判力量」，因為這股聲音和力道的來源，有很大的比例是來自書寫的策略和選材的習慣，不全然來自靈魂深處的悲憫之心。在馬華有關國族政治或社會批判主題的詩作當中，從未讀過撼動心靈的佳構，能夠讓讀者產生悲慟或憤慨的政治詩，更是千載難逢。雖未臻顛峰，但此詩有著罕見的衝擊力道。

這首收錄在第二本詩集《黃襪子，自辯書。》（2008）中的〈只是穿了一雙黃襪子〉，透過大學生的身份視角，逐步揭開多元種族和諧共處的偽裝，所有的事物都以膚色來決定，這些大家都知道。究竟呂育陶要告訴我們什麼？此詩的前兩節的情境鋪陳顯得有點冗長，花了很大的篇幅才進入思想的核心，進入詩人營造出來的那股濃烈如酒的敘事氛圍，語言中充滿拳擊的節奏，和力道。虎虎的語言，迅速籠罩著讀者的眼睛和呼吸，一種緊張的

閱讀狀態鋪天蓋地而來。到了第三節,所有的讀者便能清楚聽見
一種音色堅硬、混濁的控訴:

> 僵硬老舊的大學校舍充滿稜角
>
> 只是穿了一雙黃襪子
>
> 獎學金悄然掉落另一個不同膚色的杯子裡
>
> 海報中文字體不可過於肥大
>
> 以免傷害國家主義教徒狹窄的瞳孔
>
> 我們小心拐過歷史的雷區思想的兵營上課寫報告[3]

暫且不管這段註解意圖相當明確的詩句,是否成為異國讀者的詮
釋關鍵,呂育陶在此很巧妙地設計出一個詭異的意象天秤:此端
是龐大且繁複的種族問題,彼端只有這句「只是穿了一雙黃襪
子」,呈現出一種體積懸殊的平衡。每個穿黃襪子的傢伙都沒犯
什麼大錯,先天的色差使之失去一切應有的公平和權益,它是那
麼著委屈和不平的面對自己的族群命運,以及背後的政治因素。
它在提醒我們:真正的禍首,是我們不敢追問或刻意刻忘記的陳
年舊案──「五一三」。

政治的命題在此詩的五個小節,進行了單方面的辯證,那是
一個華語詩人的詰問,問急了,偶爾會稍稍失控,接著便讀到對
選舉的批評,以及更多的險惡的政治,彷彿千軍萬馬。在這團顯
得有些混亂的意象叢中,要不是有那麼「一雙黃襪子」在灰濛濛

---

[3] 呂育陶《黃襪子,自辯書。》(吉隆坡:有人出版社,2008),頁 30-31。

的鏡頭裡出沒，此詩可能沒法子把讀者閃神的思緒，重新帶回原
來的位置。主意象的詩學效應，在此便充分發揮出來了，像黑洞
在吸納著散佈全詩的訊息。圍繞著這「一雙黃襪子」，讀者得以
重新組織腦海裡的呂氏意象大軍，觀測變化的方位，推敲其中的
玄機。嚴格說來，呂育陶下手確實過重，此詩應該再精簡一些，
句子的輕重進一步再調整，會呈現更壯麗的輪廓。

[3]

　　上述提及的毛病，總算在這部詩集的壓卷之作──〈一個馬
來西亞青年讀李光耀回憶錄──在廣州〉(2003)，獲得全面的改
善。這個篇名巧妙地拉開一幅遼闊的思考面積：〔一位馬來西亞
青年（詩人）──在廣州（南洋時期的移民「輸出地」）──讀
李光耀回憶錄（歷史的見證者）〕；並且在空間的敘述架構裡，設
計了另一個歷史時間的省思路徑，形成呂、李視野的重疊效應。
開篇的首句──「而我錯過了那個可以選擇人或植物的年代」─
─即產生敘述視角上的詮釋縫隙，讓讀者在閱讀過程中不斷猶
豫，不斷調整。這個充滿創意的構想，不容易駕馭，最能夠考驗
一個詩人的能耐。這種寫作難度，是我最感興趣的要素之一。

　　全詩的開篇是一行頗長的詩句，其敘事力道的拿捏有舉重若
輕的傑出表現。敘事主體「錯過」一個風起雲湧大時代的心情，
相信每個活在太平盛世故無所作為的詩人，都有深切的體悟。我

們只能回顧它,不能爲錯失的年代做出什麼樣的決定,或決定自己在舊時代裡的角色。這個感受或共鳴,在詩人的感慨裡徐徐展開:

　　而我錯過了那個可以選擇人或植物的年代

　　昨日之風從打開的頁面吹起

　　猶如犁開市中心精緻的花園廣場

　　翻出深埋在歲月下層

　　打破的誓言、撕裂的國旗、結疤的刃首[4]

陳年的歷史舊事,透過《李光耀回憶錄》的閱讀,重獲生命,詩人在廣州替讀者重溫了一遍南洋移民史。抽象與具象的事物在詩中交錯,比例適當的沉重與輕巧,詩人在敘事的轉角處現身,他說:

　　自粵菜館出來我胃囊消磨著果子狸和黃鱔

　　冬日冰涼的陽臺我繼續翻閱

　　高溫的年代

　　我看見整個半島的工蟻放下不識字的自己

　　相約把一天的糧食扛往南方

　　用如磚的意志構築

　　南洋海島上唯一的方塊字大學[5]

---

[4]　《黃襪子,自辯書。》,頁 33。

[5]　《黃襪子,自辯書。》,頁 33-34。

胃囊裡的粵式野味不但（戲謔地）突出了在廣州的地理感，更強烈對照出當年馬來半島的華人社會（尤其工蟻般的文盲勞工），為南洋大學的建校所出的血汗。全詩簡單而準確的語詞和意象，不但輕鬆完成了詩人交付的任務，也很精彩地表現出呂育陶舉重若輕的敘事能力。雖然那所「方塊字大學」的意義和命運，無法在文本中充分闡述，它的下場被很殘酷地記述下來：「乾枯成島嶼上一個瘡疤」[6]。不過，我沒能讀出李光耀在這事件扮演的角色和評價，有點可惜。不能只因為那是個「不忍深究的年代」[7]，就一筆略過，畢竟這是李光耀的回憶錄。

由於是參賽之作，一方面受到行數的限制，另一方面則必須兼顧到今昔交錯的時空結構，故此詩的敘事策略是以「現代人的讀史感受」來驅動全詩，讀讀停停，停停想想，不斷跳躍和銜接。在二十一世紀初的廣州，詩人感受到四面八方而來的經濟力量，衝擊、瓦解、重構著一個全新的世界，當「我閉上雙眼，一顆急速旋轉的地球／逼近眼前，國界模糊不清／我聽見大批轟隆的機群與船隊繞過半島／向東北挺進」[8]，在同一條偉大的航道上，當年從廣州大舉南下移民和經商的船隊，走的卻是相反的方向。地球急速旋轉，沒有人能夠預料到這巨大的逆轉。這個構想同時拉出一個今昔對照的、相當具有思辨性的時空場景，令人印象深

---

[6] 《黃襪子，自辯書。》，頁34。

[7] 《黃襪子，自辯書。》，頁34。

[8] 《黃襪子，自辯書。》，頁35。

刻。這首題材龐大且沉重的詩篇，在呂育陶筆下有非常靈巧、精
闢的演出，理性思維和感性的語調，得到良好的平衡，如其收尾
處的一句：「黃昏般慢慢轉藍」，不急不躁，反正一切早已錯過。
這是一首重量級的好詩，非高手莫能爲之。

　　也許有人質疑：歷史有什麼好寫的，不就是那麼一回事，除
了回顧，什麼也做不了。歷史是證明一個國家或族群曾經存在的
依據，無論是光輝或慘烈的大事，都是重要的思想行爲之遺產。
它在書卷裡高分貝地說話，可惜大音希聲，唯有真心聆聽的智
者，才得以窺見真理，或真相。很多時候，真相是不容許披露的，
更別說要深入探索或議論。

　　一九六九年的「五一三事件」是馬來西亞歷史上的「頭號雷
池」，也是創作的重要資源。呂育陶再次處理它，用不同的角度
和手法。當我們逼近雷池，放眼望去全是：

　　　　噤聲的童年噤聲的公路
　　　　噤聲的軍營噤聲的咖啡廳
　　　　噤聲的電話亭噤聲的圖書館
　　　　噤聲的羽球場噤聲的日記
　　　　噤聲的精神病院
　　　　噤聲的母親[9]

十個「噤聲」，形同十面埋伏。不見刀光劍影，沒有殺氣的「噤

9　《黃襪子，自辯書。》，頁36。

聲」，貼切地勾勒出無所不在的言論禁錮，以及「噤若寒蟬」的社會氛圍。但這首〈我的五一三〉（2006）並不打算（也實在無法）告訴我們真相，因為它「一一被法令埋葬」，「舅父的骨灰和許多被暗夜收割的頭顱／在中學歷史課本／簡化成輕輕帶過的一行文字」[10]；它也不準備植入大量的意象和冗長的詩句，以製造如同〈只是穿了一雙黃襪子〉的批判力道（和閱讀的壓力）。這是一支輕騎兵，化繁為簡，以鏗鏘嘹亮的短句，直取五一三議題的核心。

同樣是站在華族大學生立場的詰問，呂育陶這次下筆就比六年前更從容，他鎖定以族種比例為原則的大專入學「固打制度」，道盡華族青年的內心怨懟：「不斷地跨越，跨越／標杆後面／更高更闊的天空／但我們不能質疑／不准提問／為何有人／可以私下繞過標杆／悄悄／被保送到我們嚮往的天空」[11]。呂育陶終於領悟到：在有限的篇幅裡不能填入過多的訊息，尤其面對歷史的細節與真相，恐怕不是一首短短數十行的詩作，可以完整地交代清楚的。其實也沒那個必要。詩不是陳述歷史的工具，它是詩人對歷史的發聲。五一三事件的後遺症，光是「固打制度」對華社精英的培育而言，就是最深遠的傷害。雖然「標杆」不及「一雙黃襪子」來得突出，但此詩的整體表現，依舊十分亮眼。

---

[10] 《黃襪子，自辯書。》，頁 37。

[11] 《黃襪子，自辯書。》，頁 36-37。

[4]

在呂育陶早年的詩作中，很容易發現林燿德都市詩的陰影，主要影響了三個環節：冗長且不兼顧節奏感的詩句、繁複又灰暗的都市文明詞彙、粗糙的條例式及圖形化技巧。從八、九十年代台灣詩壇對林燿德都市詩的評論角度，便可發現：評論者只關心詩作所傳達的（後現代）題旨，下筆解剖，各取所需，完全漠視全詩在語言藝術層面的表現。這些被論者強行膨脹或誇大的「負面優點」，確實影響了台、馬兩地新銳詩人的都市詩書寫策略。

呂育陶早期詩作因而得了一些小毛病，也不幸殘留下來。譬如本書中〈世界無聲地降雨〉的「雨勢構圖」（呈現雨點及都市天際線），以及夜色、廢墟、混亂、終端機等有待更新的都市意象，都不該出現在現階段的詩作。又如〈21 世紀大專文學獎徵文法〉這種條例式或表列式的造型、〈與 ch 的電郵，網站，電子賀卡以及無盡網絡遊戲〉的林式意象／語彙和支離的結構設計，以及〈造謠者自辯書〉的括孤手法等等，對整體的閱讀質感，造成相當大的破壞，遠不及〈一個馬來西亞青年讀李光耀回憶錄——在廣州〉（2003）、〈未來的戰爭〉（2006）、〈浮生〉（2007）等長詩，更比不上〈同學的婚禮〉（1997）、〈時間如風〉（2000）等短詩。

林燿德式的理念傳遞和結構設計，在都市詩寫作中，絕對是

一種敗筆（他寫得最好的不是都市詩，是非常抒情的〈聽你說紅樓〉）。這方面做得比較理想的是陳克華，題材創意和語言技藝都能兼顧得很好的陳克華，才是值得師法的對象。事實上，呂育陶根本不再需要任何人的陰影，從〈波〉（2000）的一幕，便可看出他過人的想像力：

> 我急速倒退十里
> 無數座電梯在大廈體內
> 隨著血壓
> 上升，下降
> 我以眼睛畫著虛線就串聯成
> 波[12]

電梯（昇降梯）和鐵筋水泥建築的發明，徹底改變了現代都市的容積量和天際線，城鄉人口的密度從此朝兩極消長，這還只是宏觀的結果。呂育陶從微觀出發，赫然發現電梯在有限的空間中承載著都市人的工作與生活，是一個生命形態的縮影，遂建構出一幅遼闊的都市透視圖，運轉的電梯連成虛線，「城市就波動起來了」。這是一個相當成功的都市文明構想，足以媲美林群盛的名篇〈那棟大廈啊……〉。呂育陶在都市詩方面的創作成果獨步馬華，這是公認的事實，但在早期的詩作裡常有別人的東西，不夠純粹，直到〈浮生〉（2007）的出現。

---

[12] 《黃襪子，自辯書。》，頁 11-12。

　　〈浮生〉是一首非常富有「個性」和「生命感」的都市詩，讀其詩如讀其人，比起林耀德寫過的數百首都市詩，更勝一籌（甚至遠遠超越了林氏）。在我研究台灣及亞洲華文都市詩的十幾年歲月裡，對都市詩的模式化創作早已厭煩至極，尤其在描寫那些去背景、去身世後的孤獨情境，永遠離不開那幾招老掉牙的技倆──每個敘述者很刻意的把自己毫無理由地孤立起來，不明究裡的困在入夜的高樓斗室；「我」是扁平的，鄰居、同事、友人全是扁平的，親人通常是「從缺」，都市呢，連都市也失去真實的血肉和位址。乍讀之下，好像有那麼回事，若透過我們的都市經驗去檢測，往往站不住腳。都市詩創作者企圖創造出「放諸天下皆準」的寫作迷思，反而導致「放諸天下皆不準」的結果。

　　〈浮生〉一詩，完全擺脫這種沒有意義的寫作模式。從文本中可以看到一個清晰的身影，在北方唯一的島城（檳城），他的思緒建立在一個具體的身世／生平之上，換言之，文本中的敘事者感覺上是活的，真實的。當他告訴我們：「終於我確實有了不回島城的理由／堅固，厚實如牆磚的理由」[13]，還以為又是那種空洞虛無，強作愁容的陳腔，細讀之下卻有了不一樣的感受。他先後提到：「已注定週日早晨／不再有兩個悠閒的輪胎／虛線般經過林蔭的葛尼道」[14]，「關於島城的房間／定格著一幅水彩／

13　《黃襪子，自辯書。》，頁64。

14　《黃襪子，自辯書。》，頁64。

和童年玩伴放風箏的隴山堂邱公司」[15]，不但詩裡行間的情緒十分逼真，連都市的畫面也有高解析度的質感。最厲害的是，詩中居然出現一位婦人的事跡，就在這三段，呂育陶的敘述比其他時候都富有情感，語調中流露著幽幽的哀傷：

在內心城府幽深的王國

停著一輛車籃裝滿蔬菜鮮肉

菜市回來的斑駁腳車

她幫13歲的侄兒洗濯

汗臭的校服

她召一輛三輪車

接割盲腸的19歲侄兒出院

而去年死神突然拔除

她微弱如腕錶的呼吸

當我合十，插上最後一柱香

我確實知道這島

隨著最後的家園飄散

在裊裊遺煙中

已沉落成旅遊地圖一個景點

---

[15] 《黃襪子，自辯書。》，頁65。

右腹那道割盲腸的疤痕竟隱隱作痛[16]

看似輕描淡寫，裡頭卻暗潮洶湧，哀而不傷，悲而不慟，潦潦數筆，竟令人感到巨大的衝擊。它很真摯而且飽滿地暗示了「我」跟「她」的姑姪親情，尤其那道盲腸的疤痕，真是神來之筆，一方面把隨時溢筆而出的感情，牢牢地縫合在疤痕裡面；另一方面，「我」即從旁白角色，巧妙的「歸位」到事件中的「姪兒」。至於「她」，則是唯一將「我」跟「島城」聯繫起來的親人（以及所有相關的生命記憶），一旦「她」被「死神突然拔除」，人與城便徹底斷裂了，島城立時轉換成沒有太多牽掛和關係的景點。這個主客體的關係變化，刻劃得很深，且合理。

綿綿的敘述到了結尾處，呂育陶並沒有鬆懈下來，語言的詩意依舊在很高的水平運轉，他如此描述：「霉的孢子／在天地間擴散開來／有些降落在蒲種／雙威鎮，有的附在賀年卡上／郵寄到年復一年祝福會發亮的遠方／／浮生若寄／我也有了不流動的理由」[17]。「蒲種」和「雙威」都是他難以忘懷的地方，用來結尾，讓此詩內部流動不止的複雜感情，有了在現實世界落錨的據點。

全詩在語言音色和節奏的掌握上，完美且動人。促使它達到如此精湛境界的力量，來自那個「年復一年祝福會發亮的遠方」。

---

[16] 《黃襪子，自辯書。》，頁 64-65。

[17] 《黃襪子，自辯書。》，頁 66。

這首令我動容的一流好詩,詩歌語言裡只有呂育陶氏的感情和技藝,非常純粹。比起多首得獎大作,更勝一籌。都市詩應該寫成這個樣子,把傳統都市詩最貧乏最灰暗的部位,明亮地充實起來。呂育陶的〈浮生〉,看似漂浮,卻擲地有聲。

[5]

　　政治、歷史、都市,都是呂育陶長年經營的重點,他對這類主題／素材的處理,特別出色,已開拓出一條值得持續前進的道路。本文重點討論的兩首詩,是呂氏風格較為純粹的例子,沒有雜質。他的敘事力道在此拿捏得最好,剛中帶柔,注入不同程度和類別的情感;詩歌語言的強大穿透力,便從容顯現出來了。可惜這種風格在呂育陶手中剛剛煉成,風格相似的詩作不夠多;反而在同期的其他詩作當中,不時夾帶著各家各派的一招半式,造成閱讀的干擾。嚴格說來,後現代詩的創作在呂育陶詩中很難成為加分的正數,因為它在理論或理念上沒有原創性;尤其部分嬉戲意味較重的後現代技巧,使得一些原本較深沉的、必須多層次思辨的主題,在形式化的操作下失之淺顯,反而降低了詩的耐讀性。況且它們在不同程度上,帶有前人的影子。

　　詩人在一首詩作中所預設的「訊息數量」、「意象密度」、「理念陳述的(躁進)速度」等三大因素,加上習慣性的「詩句長度」,會直接影響整體的「敘述重量」,往往成為決定性的成敗因素。

當它們調降到一個讀起來很舒服的水平，雜訊銳減，音質中自然浮現獨一無二的「呂育陶」。尤其當呂育陶偏離／捨棄了後現代，把詩歌語言的全部力量焦聚在馬來西亞政治和文教議題上，它更越來越清晰，越來越純粹。

《黃襪子‧自辯書》很明顯地記錄了呂育陶敘事風格的轉變跡象，它可界定為一部「風格煉成之書」，在近二十年的馬華新詩版圖上，它的價值和意義都是重大的，我們已經看到一種馬華詩人獨有的詩風在書中成形，雖然在整體質量上還不夠強大，但我們可以如此預估：馬華詩壇的一位（嚴格意義上）的「強者詩人」，將在呂育陶的第三部詩集中（完整地）誕生。

刊載：《國文天地》284-285 期，2009. 01-02

後　記

　　這本論文集收錄了我近幾年來在國內外發表的亞洲華文文學研究論文，包括了西藏漢語文學、馬華文學、台灣文學，但構不成主題，所以未能收入近五年出版的四部學術專著與論文集。

　　全書共九篇論文，約十一萬字。其中有兩篇論文特別重要：一是經過大幅增訂的〈台灣都市詩理論的建構與演化〉，它是我多年研究都市詩的心血結晶，重新收錄，希望能夠取代舊作。

　　另一篇〈詮釋的縫隙與空白——細讀楊牧的時光命題〉，則是我寫得最滿意的一篇台灣現代詩論文。我的評論，一向遇強則強，遇弱則弱，楊牧的詩意境高妙，是極為難得的研究對象。但楊詩往往只能意會，不可言傳，所以我在運用理論進行分析之際，還得全力經營論述語言本身的靈活度和柔軟度，以免下筆太硬，傷了原詩的意境。它的重要性，僅次於收錄在《中國當代詩史的典律生成與裂變》一書的兩篇討論楊煉和江河的論文。

　　此書結集，同時也象徵著一個階段的結束。十年耕耘，是該休息一下了。

陳大為

2009.07.27

國家圖書館出版品預行編目資料

風格的煉成：亞洲華文文學論集／陳大為著. --
初版. -- 臺北市：萬卷樓, 2009.07
　　面；　　　公分
　　ISBN 978－957－739－656－3 (平裝)
　1.海外華文文學　2.文學評論　3.文集
　　850.9　　　　　　　　　　　　98012440

風格的煉成：亞洲華文文學論集

著　　　者：陳大為
發　行　人：陳滿銘
出　版　者：萬卷樓圖書股份有限公司
　　　　　　臺北市羅斯福路二段 41 號 6 樓之 3
　　　　　　電話(02)23216565 · 23952992
　　　　　　傳真(02)23944113
　　　　　　劃撥帳號 15624015
出版登記證：新聞局局版臺業字第 5655 號
網　　　址：http://www.wanjuan.com.tw
E － mail ：wanjuan@tpts5.seed.net.tw
承印廠商：中茂分色製版印刷事業股份有限公司
定　　　價：220 元
出 版 日 期：2009 年 8 月初版

（如有缺頁或破損，請寄回本公司更換，謝謝）
◉版權所有　翻印必究◉
ISBN 978－957－739－656－3